KB209253

_____ 님께

이 책을 드립니다.

_____ 드림

손자병법

지혜의 샘 시리즈 ㉖

손자병법

초판 1쇄 발행 | 2010년 08월 25일

지은이 | 손무
엮은이 | 김영진

발행인 | 김선희 · 대 표 | 김종대
펴낸곳 | 도서출판 매월당
책임편집 | 박옥훈
디자인 | 윤정선
마케터 | 양진철

등록번호 | 388-2006-000018호
등록일 | 2005년 4월 7일
주소 | 경기도 부천시 소사구 송내동 뉴서울아파트 102동 304호
전화 | 032-666-1130
팩스 | 032-215-1130

ISBN 978-89-91702-68-4 (03820)

지혜의 샘 시리즈 26

손자
병법

손무 지음 / 김영진 엮음

매월당
MAEWOLDANG

동서양 최고의 병법서

　동서양을 막론하고 최고의 병법서로 꼽는 책으로 《손자병법》이 있다. 이 책은 고대 중국의 전쟁 경험과 이론을 바탕으로 만든 병법서로 일찍부터 '병가兵家의 최고 성전聖典' 등으로 부르며 숭상해 왔다. 그래서 본고장인 중국에서는 이미 2천여 년 전인 한漢나라 때부터 '나라 안에 모두 군사를 논하고 아는 자는 손자의 병법서를 집집마다 가지고 있다.' 고 할 정도였다.

　또 일찍부터 우리나라와 일본에 전해져서 무인들의 과거시험에 정식 교재로 사용했을 뿐만 아니라, 문인들의 교양서로도 매우 중시되어 왔다. 조선조 문인인 다산茶山 정약용丁若鏞은 《손자병법》을 읽은 후에 감동해서 다음과 같은 시를 남겼다.

인생이란 먼 길 가는 나그네,
평생 갈림길에서 헤매는 신세.
《육경六經》은 본디 즐겨 해야지만,
구류九流까지 두루 엿보고 싶었다.
강개한 마음으로 손무孫武의 병서를 읽어,
만고토록 이름 한 번 날리려 했네.
이 뜻은 참으로 참람하여,
책 덮고 길이 한 번 탄식을 하네.
호방한 협객 가까이 할 수 없거니,
내 재주 이용당할까 두렵다오.
용렬한 이도 가까이 할 수 없거니,
나를 스승 삼을까 두렵다네.
초연히 외롭게 가노라면,
그런 대로 먹은 마음 위로되겠지. [1]

---

1) 〈讀孫武子〉 '人生如遠客, 從歲在路岐. 六經本可樂, 九流思徧窺.
慷慨讀兵書, 萬古期一馳. 此意良已泠, 掩卷一長噫.
豪士不可近, 恐以我爲資. 庸人不可近, 恐以我爲師.
超然得孤邁, 庶慰我所思.'

《손자병법》은 일본을 거쳐 구미 각국에 번역되어 전파되었다. 제1차 세계대전에 패한 독일의 황제 빌헬름 2세는 만년에 이르러서, '내가 만약 20년 전에 《손자병법》을 읽었더라면 그렇게 무참하게 패하지는 않았을 텐데……' 라고 탄식했다고 한다.

근대에 들어서는 제1, 2차 세계대전의 명장들을 위시하여 전 미국 대통령을 지냈던 조지 허버트 워커 부시도 《손자병법》 애독자로 알려졌으며, 실제 걸프전 당시 파병 미군장교들에게 《손자병법》을 필독서로 권장하였고, 뒤늦게 소문을 전해들은 중국 정부에서는 후진타오 국가주석이 방미 때에 비단에 쓴 손자병법을 증정했던 일은 유명하다. 특히 미국은 월남전에서 고전을 한 이후에 《손자병법》을 심도 깊게 연구하여 걸프전과 아프간·이라크 전쟁을 수행하고 있어서 다시금 그 가치에 대해 주목하고 있다.

《손자병법》의 저자는 공자孔子와 거의 동시대에 살았던 손자孫子이다. 그의 이름은 무武이며, 또 그의 직계 후손으로 맹자와 같은 시기에 활약한 손빈孫臏도 유사한 병서를 남겨 더불어 '손자' 라고 병칭하기도 한다.

책의 분량은 《사기史記》에는 손자 13편이 있었다고 했으나 그 자세한 편목은 알 수 없으며, 《한서漢書》 <예문지藝文志>에는 '<오손자吳孫子> 82편이라 하여 <병서략兵書略> 첫머리에 기재하고, 주注에는 그림 9권이 있었다.'고 하였다. 그러나 현재 전해지는 것은 13편으로 이것은 당초의 것이 아니고, 삼국시대 천하의 간웅으로 유명한 위魏나라의 조조曹操가 82편 중에서 번잡한 것은 삭제하고 정수精粹만을 추려 13편 2책으로 만든 것이다.

이 책은 《위무주손자魏武注孫子》라고 부르는데, 오늘날까지 《손자병법》을 연구하는 사람들은 거의 모두 이 책을 바탕으로 삼는다. 이처럼 《손자병법》을 철저히 연구한 조조가 삼국시대 가장 막강한 세력을 이룩할 수 있었던 것은 결코 우연이 아닌 것이다.

《손자병법》의 진수는 전쟁을 잘하는 방법으로, 싸우지 않고 적을 이기는 것을 상책으로 삼고 있다. 또한 계략과 외교를 통한 것을 차선책으로 삼고, 정벌과 성을 공략하는 것은 최하책으로 삼는다. 그렇기 때문에 부득이 전쟁을 하면 반드시 심사숙고한 끝에 충분한 승산이 있다고 판단이 섰을 때 싸워야 한다고 거듭 주장한다. 또한 전쟁 전에 가능한 모든 수단을 동원하여 적의 장단점을 파악하고 거기에 따른 대응책을 만드는데, 이것이 이른바 '적을 알고 나를 알면 백 번 싸워도 위태롭지 않다.'는 뜻인 '지피지기知彼知己, 백전불태百戰不殆'로 손자병법의 핵심이라 할 것이다. 그래야만 충실한 자기 태세로 적의 허를 찌르는 허실법虛實法을 쓸 수 있고, 이것을 따라 정법正法과 기법奇法을 운용하면 소수의 군대로도 대군의 적을 유린하고 혼란케 만들어 기세를 꺾고 승리를 획득할 수 있다. 한 예로 낮보다 밤을 이용한 용병술이다.

아침의 기세는 날카롭고 낮의 기세는 나태해지고 저녁의 기세는 돌아가려는 것이다. 그러므로 군사를 잘 쓰는 사람은 그 날카로운 기세를 피하고 그 나태한 기세와 돌아가려는 기세를 공격하는 것인데 이것은 기세를 다스리는 것이다.[2]

---

2) 朝氣銳, 晝氣惰, 暮氣歸.
　　故善用兵者, 避其銳氣, 擊其惰歸, 此治氣者也

여기에서 착안하여 마오쩌둥[毛澤東]은 '상대가 공격하면 나는 후퇴하고, 상대가 후퇴하면 나는 진격한다.'는 전술인 '적공아퇴敵攻我退 적퇴아진敵退我進'의 전법을 만들어 대장정을 나섰고, 그 결과 수십만의 정예병으로 수백만의 국민당 군대를 괴멸시킬 수가 있었다. 또 오늘날 미국도 걸프전과 이라크 전쟁 때 서양전쟁사에 유래 없는, 밤낮을 가리지 않고 무차별 파상 공습을 가하여 적을 휴식할 수 없게 만든 후에 공격하는 전술은 모두가 《손자병법》에서 비롯된 것이라고 해도 과언이 아니다.

　《손자병법》은 전쟁과 군사학에 관련된 지침서이지만 철학과 처세 · 정치와 외교 · 상업경제와 경영 · 스포츠와 오락문화에도 큰 영향을 끼쳤으며, 특히 상업경제 분야에서 심도 깊게 활용된 바 있다.

　일찍이 고대 중국 상인의 시조로 추앙받는 백규白圭는 '나는 경영할 때, 이윤과 여상이 계책을 꾀하고, 손자와 오자가 군사를 쓰며, 상앙이 법을 시행하는 것과 같이 한다.'고 밝힌 바 있었다. 그는 타고난 상인으로 시세의 변화를 잘 살펴서 '남들이 버리면 나는 취하고,

남들이 취하면 나는 내놓는다.', '일단 기회를 잡을 때에는 사나운 맹수나 새가 먹이를 낚아채듯 민첩하게 한다.' 등의 상술에 능했는데, 이는 《손자병법》을 응용한 결과였다. 이 때문에 현재까지 일본의 대기업을 비롯한 구미 각국의 대학원 MBA 과정에서도 《손자병법》을 교재로 채택하여 전략적 투자와 시장개척, 리더십 등에 활용하는 사례가 늘어나고 있다.

또 《손자병법》은 상호 관련이 없어 보이는 다른 영역의 학문 분야에도 깊은 족적을 남겼는데, 그 대표적인 것이 의학 분야이다. 즉, 청나라 시대의 명의였던 서대춘徐大椿은 '약을 쓰는 것은 병사를 쓰는 것과 같다.' 는 내용의 <용약여용병론用藥如用兵論>이란 글을 썼는데, 이 글에는 《손자병법》의 전략과 전술을 의학에 접목시켜 제자들을 지도하고 환자를 치료했다.

한 예로 그는 전염성이 강한 질병에 대하여 군사상 전략을 운용하는 것처럼 인체 내의 주요 장기를 요새로 설정하고 만약에 병균이 침입하면 병변 부위와 밀접한 관계를 갖고 있는 장부를 신속하게 보호하여 정기를 부양하고 사기를 구축하는 방법으로 치료에 임해야 한다고 주장했다. 또 경락에 따라 약을 쓰는 것은 향도嚮導가 길을 인도하는 것처럼 해야 한다고 하였는데, 이는 모두 《손자병법》에서 응용했다.

이처럼 《손자병법》은 다양한 분야에서 무궁무진하게 활용할 수 있는 삶의 지혜가 담겨져 있기 때문에 전 세계적으로 인기가 높아지고 있다. 필자도 독자들에게 늘 가까이에 두고 수시로 볼 수 있는 필독 교양서로 추천하고 싶다.

2010년 여름날에
김영진

차 례

제1편 시계편 始計篇

- 계략의 근원

　본편은 《손자병법》의 첫 편으로 손자병법의 전략론戰略論이자 총칙이라 할 수 있다. 시始는 '처음' '첫 편'의 의미를 지니고 있고, 계計는 '헤아린다.' '계획한다.' '예측한다.'는 뜻을 지니고 있다. 본문에서는 자전에 전쟁 여부와 승패를 판단하고 예측한다는 것이다. 본편은 손자의 전쟁관, 모략관謀略觀 및 전술사상이 매우 상세하면서도 명백하게 논술되었다.

시계편 始計篇

🪷 본문 번역

손자

손자가 말하였다.

'병자兵者(전쟁)는 국가의 대사 大事이며 삶과 죽음이 달려 있고, 존망存亡의 도道이니 신중히 살피 지 않을 수 없다. 따라서 이를 다 섯 가지 조건에 적합한지를 분석 연구하고, 또 이를 일곱 가지 계교 計校로써 승부에 대한 정확한 정세를 탐색해야 한다.'

먼저 다섯 가지 조건이란 첫째는 도道요, 둘째는 천天 이요, 셋째는 지地요, 넷째는 장將이요, 다섯째는 법法 을 말한다.

도道는 '법도法度 · 인정仁政 · 선정善政'을 베풀어 백성으로 하여금 위정자와 더불어 뜻을 같이 하게 하는 것이다. 그리하여 더불어 죽고 살게 하여 위태로움을 두려워하지 않게 하는 것이다.

천天은 천시天時로 음陰과 양陽, 춥고 더운 것 등의 기후 변화로 시간적인 제약이다.

지地는 지리地利로 거리의 멀고 가까운 곳, 지세가 험하고 평탄한 곳, 지리환경이 넓고 좁은 것, 죽고 사는 곳을 말하는 것이다.

장將은 장수가 갖추어야 할 지智 · 신信 · 인仁 · 용勇 · 엄嚴 등의 덕목이다.

법法은 군대의 편제編制 · 명령체계, 규율 · 군비 관리 등을 말한다.

무릇 이 다섯 가지 조건은 장군이라면 반드시 파악하고 있지 않으면 안 된다. 이것을 깊이 이해하고 명확하게 아는 자는 승리하고 알지 못한 이는 승리하지 못한다. 또한 쌍방의 정확한 실정을 비교하고 승부에 대한 정세를 탐색하는데, 이를 일곱 가지 계교計校로써 비교

해 본다. 일곱 가지 계교란,

　군주는 누가 평소 인정을 베풀었는가?
　장수는 누가 더 유능한가?
　천시와 지리적 조건을 누가 선점하고 있는가?
　법령은 누가 더 엄격하게 시행하고 있는가?
　병력은 누가 더 강한가?
　사졸은 누가 더 훈련되어 있는가?
　상벌은 누가 더 공정하고 엄격하게 시행하고 있는가?

　나는 이것으로써 전쟁의 승패를 예측할 수 있다. 장수가 나의 이러한 계략을 들으면 반드시 승리할 것이니, 그는 계속 임무를 수행할 것이고, 장수가 나의 계략을 듣지 않으면 반드시 패할 것이니, 그는 면직되어 떠나갈 것이다. 계책의 이로움을 헤아려 그것을 따르면 곧 세력이 될 것이고, 외부의 도움을 받을 것이다. 세력을 장악한 사람은 이해득실에 따라 적합한 권변權變(임기응변)을 사용할 수가 있다.
　전쟁은 궤도詭道(기만술)이다. 그 구체적인 방법은 다

음과 같다.

유능하지만 무능한 것처럼 보이고,
계략을 쓰되 쓰지 않는 듯이 보이고,
가까운 곳을 치려면 먼 곳을 치는 것처럼 하고,
먼 곳을 치려면 가까운 곳을 치는 것처럼 한다.
적에 이롭게 할 듯이 하여 꾀어내고,
적이 어지럽게 하여 취하고,
적이 충실하면 대비하고,
적이 강하면 피하고,
적을 노하게 하여 흔들어 놓고,
적에게 굽혀서 교만하게 만들고,
적이 편안하면 수고롭게 하고,
적이 다른 상대와 친밀해지면 이간시키고,
적의 방비가 없는 곳은 공격하고,
적이 뜻하지 않는 곳으로 나아간다.

이것은 병가兵家에서 승리하는 방법이니 먼저 상대방
에게 작전의 비밀이 전해지면 안 된다.

무릇 아직 싸우지 않고도 묘산廟算(전쟁에 앞서 조정에서 세우는 전략회의)을 하여 승리할 것이라고 예측하는 자는 이미 승리할 조건이 많기 때문이다. 아직 싸우지 않고도 조정에서 전략회의를 하여 승리하지 못할 것이라고 판단하는 자는 승리할 조건이 적기 때문이다. 승

산이 많으면 승리하고 승산이 적으면 승리하지 못한다. 하물며 승산이 없으면 전쟁을 일으키지 말아야 한다. 나는 이런 것을 관찰하여 어느 누가 승리하고 패배하는지를 알 수가 있다.

묘산

병자兵者 : 용병用兵과 전쟁을 지칭함.

지智 · 신信 · 인仁 · 용勇 · 엄嚴 : 지혜와 지략 · 믿음과 신
상필벌 · 군민들에 대한 사랑 · 용기와 용
감 · 위엄.

계교計校 : 서로 견주어봄.

권변權變 : 임기응변. 그때그때의 형편에 따라 처치하는
응급수단.

궤도詭道 : '궤詭'는 속이는 것, '도道'는 방법이나 책략.
곧 속이는 방법, 기만술.

묘산廟算 : '묘廟'는 조상의 묘로 '조정'을 지칭함. 산算
은 산수算籌로 고대에 대나무나 나무로 계산
하는 공구이다. 즉 역법을 계산하고 유희나
전쟁의 승부를 계산하는 것을 지칭한다. 곧
조정에서의 전략회의를 말한다.

🎴 본문 요약

본편은 전쟁이 인간의 생사와 국가의 존망이 달려 있는 중차대한 문제이기 때문에 사전에 치밀하게 고찰하고 분석해야 된다고 주장한 것이다. 그 구체적인 방법으로 손자는 도·천·지·장·법 등 다섯 가지 조건을 제시하였는데 이를 오사五事라고 한다. 또 일곱 가지 계교를 제시하였는데 이를 칠계七計라고 한다. 손자는 바로 이 '오사칠계'로 적과 비교·분석하여 우세하면 전쟁에서 승리할 수 있다고 했다. 동시에 전쟁에서 상대방을 속이는 14가지의 기만술을 제시하였다. 전쟁에서 상대방을 속이는 방법은 비열한 짓이 아니고 통상적인 책략이라고 할 수 있다. 일찍이 한비자韓非子는 '전쟁에서 속임수를 싫어하지 않는다.'고 밝힌 바가 있었는데, 역대 유명한 전략가나 장수들은 이를 상투적으로 사용했다. 또한 이 모든 것을 실행하기 앞서 조정에서 치밀하게 전략을 짜고 충분한 논의를 거친 연후에 전쟁에 임해야 승산이 있다고 역설했다.

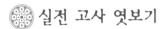 실전 고사 엿보기

도道는 백성으로 하여금 위와 더불어 뜻을 같이 하게 하는 것이다

《맹자》에는 '천시天時는 지리地利만 못 하고 지리는 인화人和만 못 하다.'는 명언이 나온다. 여기서 말하는 인화는 곧 사람들이 서로 화합하는 것으로, 어떤 사회나 집단이든 상호간에 목표를 달성하기 위해서는 반드시 필요한 선결조건이라 할 수 있다. 전쟁에서 천시와 지리는 매우 중요하다. 그러나 이는 외부적인 조건이라 할 수 있고, 인화는 내부적인 조건이라고 할 수 있다. 따라서 인화를 이루지 못하면 천시, 지리와 상관없이 먼저 사분오열되어 반드시 패하기 십상이다. 그렇기 때문에 손자는 인정을 베풀어 인화단결을 하는 도道를 가장 먼저 주장한 것이다. 다음은 그 대표적인 실례이다.

춘추전국시대, 추鄒나라가 노魯나라와 전쟁을 일으켜서 크게 패했다. 이에 추나라의 임금인 목공이 맹자에게 물었다.

"내 유사有司(지휘관)들은 33인이나 전사했는데, 백성들은 이를 방관하고 목숨을 부지했습니다. 이처럼 상관의 죽음을 방관한 백성들을 죽이자니 이루 다 죽일 수 없고, 죽이지 않자니 백성들이 자기 상관들이 죽는 것을 보고도 구해 주지 않는 것이 분합니다. 어떻게 하면 좋겠습니까?"

맹자는 이렇게 대답하였다.

"흉년과 기근이 든 해에 임금님의 백성들 중에는 노약자들이 도랑에 굴러들어가 죽고, 장정들이 흩어져 사방으로 가버린 것이 천 명에 가깝습니다. 그런데 임금님의 양곡 창고와 물자 창고는 가득 차 있었지만, 유사들은 이 사정을 임금님께 말씀드리지 않았으니 이것은 상관이 교만하고 아랫사람을 잔인하게 다룬 것입니다. 증자曾子가 말하길 '경계할지라! 경계할지라!

맹자

너에게서 나간 것은 너에게로 돌아오리라.'라고 하였습니다. 백성들은 지금부터 자기네가 당한 것을 되갚을 수 있게 된 것이니 임금님께서는 그들을 허물하지 마십시오. 임금님께서 어진 정치를 실시하시면 그때에 백성들은 상관에게 가까이 대하고 상관들을 위해 목숨을 바치게 될 것입니다."

이보다 더욱 어처구니없는 사례가 있었는데, 위정자가 백성과 화합하지 못하여 결국 나라를 멸망시킨 기록이 《좌전左傳》에 남아 있다. 즉, 춘추시대 위衛나라 임금 의공懿公은 학을 매우 좋아해서 그 중에는 대부의 지위에 올라 수레를 타는 학까지 있었다. 오랑캐가 침입하여 전쟁을 하려 할 때 갑옷을 받은 백성들이 모두 '학으로 하여금 싸우게 하라. 학은 실로 대부의 지위와 녹봉이 있지만 아무것도 없는 우리가 어떻게 싸울 수 있겠는가.'라고 하였다. 이렇게 해서 오랑캐가 전의를 잃은 위나라를 멸망시켰다.

세력을 장악한 사람은 이해득실에 따라 적합한
권변權變을 사용할 수 있으며 전쟁은 기만술이다

조선 후기의 실학자 이덕무李德懋(1741~1793)는 자신
의 저서인 《청장관전서》에서 도道에 관하여 설명하면서
'상도常道를 항상 품고서 권변을 끼어야 곧 현명한 것
이다.'라고 하여 상도와 권변을 적절하게 사용할 것을
주장하였다. 여기서 말하는 '상도'란 떳떳한 도리와 방
책이고, '권변'이란 임기응변을 말하는 것이다. 권변
중에는 상대방을 속이는 방법 또한 하나의 대안이 될
수가 있다. 때문에 손자는 본문에서 14가지의 기만술을
제시했는데, 그 활용 방식은 무궁무진하게 변할 수가
있는 것이다. 다음의 고사는 기발하게
'사형수'와 '미인'을 전쟁에 투입하여
승리한 경우이다.

월왕 구천

기원전 496년, 오吳나라의 합려闔閭는
월나라를 공격하였다. 월나라에서는 구
천句踐이 나와 방비하였다. 양군은 지금

의 항주시 동쪽 취리의 산악지대에서 진을 치고 대치했다.

월나라 검

며칠 동안 대치하던 어느 날, 월나라의 진영에서 구천이 자국의 죄인을 3개조로 나누어 각 조마다 자신의 목에 검을 갖다 대게 하고, 오나라 군대 앞으로 나아가서 모두에게 다음과 같이 외치게 하였다. '우리들은 양국이 싸우는 이곳에서 군령을 어겨 죄를 지었다. 이에 형벌을 두려워하지 않고 죽음으로 속죄하겠노라.' 이렇게 외치고 스스로 자신의 목에 칼을 대어 베어버렸다. 잠시 후에 또 다른 조가 나와 똑같이 행동하며 죽어갔다. 이 기막힌 광경을 목격한 오나라 병사들은 어안이 벙벙해졌다. 이 틈을 놓치지 않고

《사기》 구천세가

월나라 군사들이 공격하여 오나라 군대를 크게 격파할
수 있었다.

시소

서기 623년, 토욕혼吐谷渾과 당
항黨項이 당나라 변방인 도주(지
금의 감숙성 임담)와 민주(지금의 감
숙성 민현)에서 노략질을 하자 당
고조의 부마인 좌위대장군 시소柴
紹(578~638)에게 그들을 토벌하라
는 명령을 내렸다. 당시 오랑캐들
이 고지를 점령하고 시소의 군대
에게 활을 쏘니 화살이 비 오듯 쏟아져 병사들이 놀라
서 낯빛이 변했다. 그러나 시소는 편안히 앉아 사람을
보내 오랑캐의 비파를 연주케 하고 또 두 미녀를 시켜
춤추도록 했다. 오랑캐들이 기이하게 여겨 활쏘기를 멈
추고 구경했다. 시소는 그들이 해이해진 틈을 타서 날
랜 기병을 보내 후미에서 습격하게 하니 오랑캐가 크게
붕괴되었고 적의 목을 벤 것만도 오백 명에 이르렀다.

이와 같이 고대 전쟁에서는 상대방을 속이기 위한 온갖 방법이 동원되었다. 우리나라의 경우에도 삼국시대에 신라가 우산국(울릉도)을 복속시키는 과정에서 상대방을 속인 경우가 있는데, 마치 그리스 로마 신화에 등장하는 트로이 목마와 비견되는 재미있는 고사이다.

　《삼국사기》에 의하면 이전에 우산국은 지형이 험준하다 여기고 신라에 복속하지 않았다. 그러던 것을 이찬伊湌 이사부異斯夫가 하슬라주(지금의 강릉) 군주가 되어 우산국 병합을 계획했다. 그러나 '우산국 사람들은 어리석고 사나워 위세로 복종시키기는 어려우니 계교로 항복시켜야겠다.'라고 하여 나무로 사자를 만들어 전선에 싣고 해안에 이르러 '너희들이 만약 항복하지 않으면 이 맹수를 풀어놓아 밟아죽이겠다.'라고 했다. 그러자 그 나라 사람들이 무서워 항복했다고 한다. 그리하여 512년(지증마립간 13년)에 우산국은 신라에 완전히 복속하고 해마다 조공을 바치게 되었다.

아직 싸우지 않고도 묘산廟算을 하여
승리할 것을 예측한다

한나라 말기, 유비劉備는 조조에게 중원에서 쫓겨나 유표劉表에게 의지하여 형주荊州 북쪽에 자리 잡은 신야현新野縣에서 7년 동안 머물면서 겨우 군세를 가다듬을 수가 있었다. 그러나 여전히 북방의 조조 세력은 막강하여 대적할 수가 없었고, 또 강동의 손권孫權 역시 현명하고 유능한 인재들이 많아서 함부로 도모할 상대가 아니었다. 때문에 이 무렵의 유비에게는 무엇보다도 난국을 헤쳐 나갈 전략적 참모가 절실했다.

융중대

隆中対

自董卓已來豪傑並起跨州連郡者
不可勝數曹操比於袁紹則名微而眾寡
然操遂能克紹以弱為強者非惟天時
抑亦人謀也今操已擁百萬之眾挾天子
而令諸侯此誠不可與爭鋒孫權據有江
東已歷三世國險而民附賢能為之用
此可以為援而不可圖也荊州北據漢沔
利盡南海東連吳會西通巴蜀此用武
之國而其主不能守此殆天所以資將軍
將軍豈有意乎益州險塞沃野千里天
府之土高祖因之以成帝業劉璋闇弱
張魯在北民殷國富而不知存恤智能之
士思得明君將軍既帝室之冑信義著於
四海總攬英雄思賢如渴若跨有荊益
保其巖阻西和諸戎南撫夷越外結好
孫權內修政理天下有變則命一上將
將荊州之軍以向宛洛將軍身率益州之
眾出于秦川百姓孰敢不簞食壺漿以迎
將軍者乎誠如是則霸業可成漢室可
興矣

융중대(책문)

그리하여 유비는 사마휘司馬徽의 조언과 서서徐庶의 추천을 받아들여 삼고초려三顧草廬 끝에 융중隆中의 제갈량諸葛亮을 만난다. 제갈량은 유비에게 천하 경영의 계책을 말한다. 그게 바로 유명한

'융중대책隆中對策'이다. 융중대책의 요점은 유비에게 자립을 위해서 중원으로의 진출이 유리한 형주와, 장강을 이용할 수 있는 천혜의 요새 익주益州를 차지하고, 손권과 동맹하여 조조에 대항한다는 것이다.

이는 당시의 형세와 지정학에 근거한 치밀한 전략으로, 제갈량이 융중에 오랫동안 은거하면서 천하대세의 흐름을 주시하여 그 승산을 예측했기 때문이다. 이후 유비는 초야의 일개 선비인 제갈량의 계책을 받아들여서 먼저 형주와 익주를 차지하고, 마침내 위나라의 조조, 오나라의 손권과 더불어 천하를 삼분三分하고 한실漢室의 맥을 잇는 촉한蜀漢을 세워 황제가 되었다. 이는 모두 제갈량과 유비의 치밀한 전략회의 소산이라고 할 수 있다.

제2편 작전편作戰篇

– 전투의 방법

　본편은 전쟁에 필수불가결하게 따르는 인적·물적
자원 등 전쟁이 사회 경제에 주요하게 미치는 영향을
분석했고, 적을 속전속결로 물리치는 효율적인 전술을
제시하였다.

작전편作戰篇

🔆 본문 번역

손자가 말하였다.

'무릇 군대를 움직이는 방법은 네 마리 말이 이끄는
빠른 전차戰車 천 대, 수송용 수레 천 대, 갑옷을 무장한
병사 10만 명을 거느린다. 더불어 천 리 밖에 있는 군대
에 군량을 보내야 한다. 또한 전후방에 필요한 경비와
외교에 필요한 국빈과 사절의 접대비용과 군수용 무기

기마병과 보병

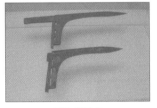

극戟-창의 끝

34   손자병법

나 보수에 쓰이는 장비와 보충용 수레와 병기 등이 필요하여 하루에 천금을 소모해야 겨우 10만의 군사를 일으킬 수 있다.'

따라서 속전속결로 전쟁에서 승리하지 못하고 지구전에 돌입하면 병사들은 둔해져 예봉이 꺾이고 성을 공격하더라도 점차 전력이 떨어진다. 또 오랫동안 군사가 밖에 나가 있게 되면 곧 나라의 재정이 부족하게 된다. 병사들이 둔하고, 예봉이 꺾이고, 전력이 떨어지고, 재정이 부족해지면 곧 제후들은 그 피폐함을 틈타서 일어날 것이다. 그러면 비록 지혜로운 자가 있다고 하더라도 그 난국을 수습하기 어렵다. 그러므로 전쟁은 방법이 졸렬하더라도 속공으

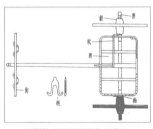

복원한 주나라시대의 수레도

주나라시대의 전차도

로 승리할 수는 있지만, 아직 교묘하게 지구전을 펼쳐 승리하는 경우는 드물다.

무릇 전쟁을 오래 끌어서 나라의 이로움이 되는 것은 아직까지 있지 않았다. 따라서 군사를 써서 해로움이 있는 것을 다 알지 못하는 자는 곧 군사를 써서 이로움이 있는 것도 다 알지 못하는 것이다.

군사를 잘 쓰는 자는 병역을 두 번 징집하지 않고 양식을 세 번 싣게 하지 않으며 군사용 물품은 나라에서 취하고 군량은 적국에서 탈취하여 조달하기 때문에 아군의 군량을 충분히 확보할 수 있다.

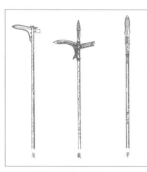

각종 창 – 과戈 · 극戟 · 모矛

나라가 군대로 인해 가난해지는 것은 멀리 수송하기 때문이다. 멀리 수송하면 점차 백성이 가난해진다. 군대가 주둔하는 부근에서 물가가 올라간다. 물가가 올라가면 백성들의 재물이 다하여 그 지방에서 노역을 부리기가 힘들어진다. 힘이 약해지고 재물이 다하면 본국의 백성들은 안으로는 집을 비우게 되어 백성이 소비할 수 있는 것이 열에서 일곱이 사라진다. 국가가 소비할 수 있는 것도, 수레는 파괴되고 말은 피로하며 갑옷과 투구, 활과 화살, 갈래진창과 방패, 세모창과 큰 방패, 노역과 큰 수레는 열에서 여섯은 못 쓰게 된다. 그러므로 지혜로운 장수는 적군의 것을 탈취하는데 힘쓴다. 적의 일종一鍾에 해당하는 군량은 아군의 20종에 해당하고 적군의 말 먹이 1석一石은 아군의 20석에 해당한다. 때문에 적군을 죽이려면 노여움을 자극해야 하고, 적의 이로움을 빼앗게 하는 것은 재물이다.

전차전에서 적의 전차 10대 이상을 탈취하면 먼저 획득한 자에게 상응하는 포상을 시행해야 한다. 그리고 그 정기旌旗를 바꾸어 달고 전차를 섞어서 타

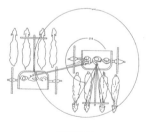

전차전투도

전차

전차(병마용)

게 하며 포로로 잡힌 병졸은 잘 대우하여 그들을 우리 쪽으로 회유해야 한다. 이것을 일러 적에게 승리하여 강함을 더하는 것이라고 한다. 따라서 전쟁에서는 승리를 귀중하게 여기고 오래 끄는 것을 귀중하게 여기지 않는다. 그러므로 전쟁을 아는 장수는 백성들의 생명을 맡고 국가의 안전과 위험을 주재하는 것이다.

한자 및 어휘 풀이

종鍾 : 되. 고대 부피나 용량을 셀 때 쓰는 단위. 춘추시대에 1천 승升을 1종鍾으로 삼음. 혹은 1종은 64두斗라고 함.

석石 : 섬. 고대 중량을 헤아리는 단위, 1석은 120근. 혹은 10말斗을 가리킨다.

정기旌旗 : '정旌'과 '기旗'를 아울러 이르는 말. 깃대 끝
을 장목으로 꾸민 깃발.

■ 본문 요약

본편은 주요하게 '전쟁에서는 승리를 귀중하게 여기
고, 오래 끄는 것을 귀중하게 여기지 않는다.'는 원칙을
논술하였다. 전쟁은 필연적으로 재물과 인력이 거대하
게 소모되기 마련이다. 따라서 전쟁 전에 치밀하게 준
비하고 일단 전쟁이 발발하면 그 기간이 길수록 경제적
인 손실이 크므로 가급적 속전속결해야 한다고 강조했
다. 동시에 적중에서 양식과 전차 등의 무기를 획득하
면 자급자족은 물론이고, 전력 증강에 큰 도움이 된다
고 밝혔다. 이것이 바로 '적에게 승리하여 강함을 더하
는 방법'이다.

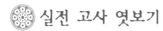

하루에 천금千金을 소모해야
겨우 10만의 군사를 일으킬 수 있다

고구려와 수·당나라 간의 전쟁은 세계 전쟁사에도 보기 힘든 대전으로 알려진다. 특히 수隋나라 양제煬帝 때에 고구려와 벌인 대규모 전투를 통하여 무리한 전쟁

은 전투에 참여한 군인의 생사는 물론이고 국가의 존망에 직접적인 영향을 줄 수 있다는 것을 여실히 증명해 준다.

612년, 수나라 양제의 고구려 원정군이 탁군(현재의 북경 일대)을 출발하였는데, 그 수가 113만 3천8백 명이나 되고, 24군으로 편성하였다. 또한

수양제 양광

말 10만 필과 수송병을 합하면 그 수가 정규군의 두 배나 되었고, 북을 치고 나팔과 호각을 부는 소리가 연이어 들렸으며, 기旗가 9백60리에 뻗쳐 있었다고 한다. 이와 같은 전쟁 준비를 위해 수나라 양제는 자국에서 엄청난 양의 세금을 거둬야 했으며, 온 나라는 군마와 식량, 병기 등의 물자를 마련하려고 정신을 차리지 못했다. 오죽하면 서둘러 전투 함선을 건조하느라 인부들 중 열에 서너 명은 배에 구더기가 생기는 병까지 생겼다고 한다. 또 그 선박의 행렬은 1천여 리가 넘었다 한다. 그리고 무수히 많은 사람들이 길가에서 죽어서 시체 썩는 냄새가 끊이지 않았기 때문에 원망이 하늘을 찌를 듯했으며 반란이 산발적으로 일어났는데, 양제는 이를 모두 무력으로 진압하였다.

무릇 전쟁을 오래 끌어서 나라의 이로움이 되는 것은 아직까지 있지 않았다

마침내 성난 파도와 같은 수나라의 대병력이 고구려의 요동 지역을 침공하였지만 정작 제대로 된 성 하나

을지문덕 장군

도 함락시키지 못하고 지루한 공방전만 이어졌다. 이에 조급해진 양제는 우중문에게 30만 5천 명의 수나라 정예군으로 하여금 우회하여 직접 평양을 공격하도록 지시하였다. 당시 고구려는 을지문덕 장군의 계책으로 일부러 지는 척하여 수나라 병사들을 내륙 깊숙이 끌어들었다. 수나라 병사는 100일 치의 양식을 등에 지고 또 무기와 의류·천막, 그 밖의 군수품을 나누어주었으므로 사람마다 3석石 이상의 무게여서 감당하기가 어려웠다. 그러나 '군량을 버리는 자는 참형에 처하리라.' 라는 명령을 내리니 병사들이 모두 천막 속에서 구덩이를 파고 묻어버렸으므로 평양에 닿기도 전에 군량이 떨어져 굶주림에 허덕이게 되었다.

이와 반면에 고구려는 성벽을 굳게 하고 들판의 곡식

을 모조리 거둬들이는 견벽청야堅壁淸野 작전을 철저하게 구사하였다. 즉 주민들을 모두 산성 안으로 옮기고 가축이나 식량을 감추었으며, 성 밖에 있는 우물을 메워 적들이 현지에서의 식량 공급을 철저히 차단하였다. 때문에 수나라 군중에 탈영병과 전염병자가 속출하여 갈수록 사기가 저하되어 부득이 퇴각을 결정하게 되었다.

이때 고구려 군사들이 추격전을 시작하여 수나라 병사들을 살수(청천강)에서 몰살시켰는데, 살아 돌아간 병사는 겨우 2천7백 명에 불과했다. 이에 큰 타격을 받은 수나라 군대는 부득이 고구려 정벌전쟁을 멈출 수밖에 없었다. 수양제가 군사를 돌리며 '짐이 천하의 임금이 되어 친히 작은 나라를 정벌하다가 불리하게 되었으니 만고의 웃음거리가 되었다.' 고 하였다.

재정이 부족해지면 곧 제후들은 그 피폐함을 틈타서 일어날 것이다

이후에도 수양제는 두 차례에 걸쳐 고구려 정벌전쟁을 일으켰는데, 수백만 명의 인명손실은 물론이고 막대한 재물을 거의 다 소진하고 말았다. 이에 백성들의 불만이 하늘을 찌르는 듯하여 징병령에도 소집에 불응하였다고 하는데, 백성들은 '토목공사나 고구려 원정에 동원되어 죽느니 불구로 산다 해도 노역이나 징집은 면하고 싶다.' 라고 하여 스스로 팔이나 다리를 잘라서 '복수복족福手福足'이란 말도 생겨났다. 팔이나 다리가 잘린 사람은 노역이나 징집에서 면제되었기 때문이다.

그리하여 북쪽에서 돌궐이 자주 침범하고 국내에서 반란이 연이어 발생했는데, 예부상서 양현감楊玄感을 필두로 이밀李密, 수나라 장군 출신의 왕세충王世充과 두건덕竇建德, 태원太原 태수로 있던 이연李淵 등이 반란을 일으켰다. 이에 수양제는 수도를 강도江都로 천도하고 화급히 진압에 나섰지만 이미 백성을 진압할 힘이 없었다.

618년 마침내 수양제는 수나라 대장군 우문술宇文述의 아들인 우문화급宇文化及이 일으킨 쿠데타로 말미암아 죽음에 이르고, 이로써 수왕조가 멸망하고 만다.

전쟁을 아는 장수는 백성들의 생명을 맡고 국가의 안전과 위험을 주재하는 것이다

 당시의 전황과 을지문덕 장군의 활약상에 대하여《동사강목東史綱目》에는 다음과 같은 평을 남겼다. '예부터 전쟁의 승패는 군사의 다소에 있는 것이 아니고, 장군의 현명함에 있는 것이다. 전진前秦의 부진苻秦이 백만 대군으로 진晉나라를 쳤을 때 사현謝玄은 8만의 군사로 도강해서 한 번 싸우매 진군秦軍이 감히 지탱하지 못하였으니, 이것은 진晉의 군신들이 훌륭한 장수를 얻어서 임기응변하여 승리의 계책을 얻은 까닭이다. 수양제는 천하를 통일하여 그 군사 강함과 나라의 부강함이 부진보다 몇 배나 되었으나, 양제가 천하의 군사를 출동하여 한 작은 나라를 정벌하는데 고금을 통해 보아도 군사를 이렇게 많이 동원한 예는 없었다. 고구려로서는 속수무책으로 항복을 애걸하기에 겨를이 없었을 것인데, 을지문덕은 비록 몹시 혼란하고 어수선한 중에서도 조용히 방법을 헤아려 치밀하게 계획하고 틈을 엿보아 힘껏 공격하기를 마치 마른나무를 꺾고 썩은 나무를 뽑

아버리듯이 함으로써 수양제를 대파하고 천하의 웃음거리가 되게 한 것이다. 대개 고구려의 땅은 한 모퉁이에 치우쳐 있는데다가 중국의 강좌江左 · 서릉西陵 · 거록鉅鹿 · 초성譙城 · 비수淝水와 같은 요새가 없고, 사안謝安 · 왕도王導와 같이 본래 양성했던 군사도 없었는데 한 평양의 고군孤軍으로 천하의 대병을 대적하여 마침내 전승을 거두었으니, 사안과 견주어보더라도 을지문덕이 오히려 장하다. 문무의 재능이 뛰어나고 지용이 겸전한 사람이 아니면 능히 이런 일을 할 수 있으랴! 이 후로부터 비록 당태종唐太宗의 신통한 무덕武德으로도 안시성 싸움에서 뜻을 얻지 못하였고, 요遼 · 금金 · 몽고蒙古의 흉악한 무리들도 우리나라에 와서 크게 해독을 끼치지 못했고, 거란의 왕자 금산金山 · 금시金始의 병사와 합란哈丹 · 홍건적의 군사가 모두 우리나라에서 섬멸되었으니, 천하 후세에 우리 동방을 강국으로 여기어 감히 함부로 침범하지 못한 것은 을지문덕이 남긴 공적이 아니겠는가?'

제3편 모공편 謀攻篇

– 계략으로 공략함

　본편은 전승全勝의 전략 사상을 논술한 것으로 적을
계략과 외교로 쳐부수고, 종국적으로 '싸우지 않고 적
을 굴복시킨다.'는 목적을 달성하는데 있다. 또한 '적
보다 병력이 열 배이면 포위하고, 다섯 배가 되면 공격
한다.' '승리를 알 수 있는 다섯 가지 조건' 등 전략적
공격의 원칙도 제시되었다.

모공편謀攻篇

🏵 본문 번역

손자가 말하였다.

'무릇 군사를 쓰는 방법은 나라를 온전하게 하는 것이 최선책이고, 나라를 깨뜨리는 것이 차선책이다. 이 때문에 적군을 온전하게 둔 채 굴복시키는 것이 상책이고, 적군을 깨뜨리는 것은 그 다음이다. 여旅를 투항시키는 것이 상책이 되고 여를 격파하는 것은 다음이며, 적의 졸卒을 온전하게 굴복시키는 것이 상책이 되고 졸을 섬멸시키는 것은 그 다음이다. 오伍를 온전하게 생포하는 것이

공성전攻城戰

상책이 되고 오를 살육하는 것은 그 다음이다. 이런 까닭으로 백 번 싸워 백 번 이기는 것이 최선의 선善이 아니요, 싸우지 않고서 남의 군사를 굴복시키는 것이 최선의 선인 것이다. 그러므로 전쟁에 있어서 가장 좋은 방법은 적의 계략을 공략하는 것이다. 차선책은 외교관계를 이용하여 공격하는 것이고, 그 다음의 중책으로는 군사를 통하여 정벌하는 것이다. 최하책은 도시의 성을 공격하는 것인데 이는 부득이할 때 하는 것이다. 방패와 분온轒轀을 수리하고 기구와 기계를 갖추는 것이 석달 뒤에 이루어지며 흙산을 쌓으면 또 석 달 뒤에 끝난다. 장수가 그 분함을 이기지 못하여 병사들

분온거-공성용 수레

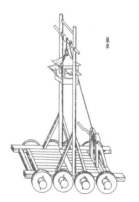

巢車

소거巢車-수레에 망루望樓를 설치하여
적의 동정을 살필 수 있음

을 개미떼가 성벽에 붙어서 기어오르듯이 하게 하면 병사 3분의 1을 죽이고서도 성을 함락시키지 못할 것이니 이것은 공격에서 오는 재앙이다.

따라서 용병用兵을 잘하는 사람은 적군과 싸우지 않고 굴복시키는 것이며, 적의 성을 무력으로 공격하지 않으면서 함락시키는 것이며, 적의 나라를 무너뜨리되 시일을 오래 끌지 않는 것이다. 반드시 온전함으로써 천하를 쟁취한다. 그렇게 해야 군사는 둔해지지 않고

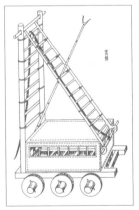

운제雲梯-성을 오르기 위한 사다리

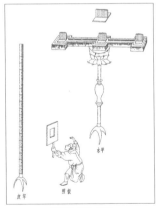

공성용 측량 도구
-피간皮竿·조판照板·수평水平

이로움을 온전히 취할 수 있으니 이것은 계략으로 적을 공격하는 방법이다. 용병의 방법은 아군의 병력이 열 배면 포위하고, 다섯 배면 공격하며, 두 배면 분산하고, 비슷하여 대적할 만하면 용감하게 싸우고, 병력이 적으면 능히 도망치고, 이길 승산이 없으면 싸움을 피한다. 그러므로 적은 병력으로 끝까지 미련하게 싸우게 되면 강대한 적에게 사로잡힐 신세가 된다.

무릇 장수는 국가를 보좌하는 것이다. 장수가 주도면밀하게 국가를 보좌하면 반드시 강해지고 그렇지 못하면 반드시 허약해진다. 그러므로 군주가 군대에 대하여 근심을 끼치는 것은 세 가지가 있다. 군이 전진해서는 안 되는 것을 알지 못하면서 전진하라고 명령하고, 군이 후퇴해서는 안 되는 것을 알지 못하면서 후퇴하라고 명령하는 것이다. 이것은 군을 속박하는 것이라 이른다. 또 삼군三軍에 관한 일을 알지 못하면서 간섭하면 군사들이 의혹을 일으키게 된다. 삼군의 임기응변을 알지 못하면서 삼군이 이미 미혹되고, 또한 의심하게 되면 제후에게 환란이 이르게 된다. 이것을 일러 군사를 어지럽혀서 승리를 물리치는 것이라고 한다. 그러므로 승리를 알 수 있는 다섯 가지가 있다.

1. 싸울 상대와 싸워서는 안 될 상대를 정확히 아는 자는 승리한다.
2. 병력이 얼마나 필요한지를 아는 자는 승리한다.
3. 상하가 일치단결하는 쪽이 승리한다.
4. 미리 갖추고서 갖추지 않은 상대를 기다리는 자는 승리한다.
5. 장수가 유능하고 군주가 불필요한 간섭을 하지 않는 자는 승리한다.

이상 다섯 가지를 아는 것은 승리를 예측하는 방법이다. 때문에 '적을 알고 나를 알면 백 번 싸워도 위태롭지 않고, 적을 알지 못하고 나를 알면 한 번 이기고 한 번 지며, 적을 알지 못하고 나도 알지 못하면 싸울 때마다 반드시 위태롭다.'고 한다.

⊞ 본문 요약

본편은 '모략으로 어떻게 승리할 수 있는가?'에 대한
전략에 대하여 주요하게 다루었다. 손자가 말하는 군사
를 잘 쓰는 방법은 '나라를 온전하게 하는 것이 상上이
된다.' '전쟁을 벌이지 않고 적을 굴복시킨다.'고 하였
다. 이것은 용병의 경지를 예술의 경지까지 끌어올린
것으로 평가받고 있는데, 바로 본편의 핵심사상이라고
할 수 있다. 손자는 백전백승을 용병의 가장 좋은 수단
으로 보지 않았다. 고명한 전쟁은 '적의 성을 함락시키
되 공격하지 않고 하는 것'이고, '적의 나라를 무너뜨

리되 오래 끌지 않는 것'이며 '온전함으로써 천하를 다툰다.'는 것이다. 이를 위해 반드시 '계략으로 적을 공격할 것'라고 주장하였다.

단 계략이 통하지 않을 때에는 부득이 싸워서 적을 굴복시켜야 하는데, 이때 그는 몇 가지 주요한 전술의 방침을 제시했다. 즉 '적보다 병력이 열 배이면 포위하고, 다섯 배가 되면 공격하며, 배倍가 되면 분산하고, 비슷하여 대적할 만하면 용감하게 싸우고, 병력이 적으면 능히 도망치고, 이길 승산이 없으면 싸움을 피한다.'는 것이다. 또 승리할 수 있는 다섯 가지 조건을 강조하고 최후에는 '적을 알고 나를 알면 백 번 싸워도 위태롭지 않다.[知彼知己 百戰不殆]'는 규율을 제시한다. 이 규율은 오늘날까지 널리 회자되는 병가의 명언이 되었다.

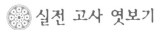
싸우지 않고서 남의 군사를 굴복시키는 것이 최선의 선이다

관중

중국 춘추시대 제나라의 재상인 관중管仲(?~BC 645)은 나라를 잘 다스려 각기 한 지방씩 차지하고 난립하던 많은 제후국들을 정복하고 제나라의 임금인 환공桓公을 중원中原의 패자로 만들었다. 그러나 유독 초楚나라만이 제나라의 말을 듣지 않았다. 제나라가 초나라를 정복하지 못한다면 패자가 되기 매우 어려운 실정이었다.

당시 제나라의 몇몇 장군들이 환공을 찾아와, 군사를 이끌고 가서 초나라를 정복하고 신하의 나라로 삼자고 했다. 그러나 관중은 고개를 저으며 말했다. '제나라와 초나라가 싸우게 된다면 서로 막대한 피해를 입게 될 것입니다. 그동안 어렵게 모아둔 군량미를 다 소모하게 되고, 군사들도 죽음을 면치 못할 것이 분명합니다.' 관중의 이 한 마디에 장군들은 아무 말도 하지 못했다.

어느 날 관중은 백여 명의 상인들을 초나라로 보내 사슴을 사오게 했다. 당시 사슴은 비교적 희귀한 동물로서 초나라에만 살고 있었다. 그런데 초나라에서는 사슴을 단순히 식량으로 생각했기 때문에 동전 한 냥만으로도 넉넉히 구입할 수 있었다. 관중이 파견한 상인들은 초나라를 돌아다니면서 '제나라 환공이 사슴을 무척 좋아하여 거금도 아끼지 않는다.'는 유언비어를 퍼뜨렸다.

그러자 처음에는 한 냥 하던 사슴 값이 며칠 지나자 다섯 냥으로 껑충 뛰었다. 이 소문을 들은 초나라 성왕成王과 대신들은 번영하던 제나라가 곧 망할 것이라고 여겼다. 10년 전 위나라 의공懿公이 학을 좋아하다가 나라가 망한 적이 있기 때문이다.

관중은 마침내 사슴 가격을 40냥까지 올려 수천 근의 식량 가격과 같아지자 백성들은 농사 도구를 내팽개친

채 깊은 산속에 들어가 사슴 사냥에 몰두했고, 군사들조차 훈련을 중지하고 사슴 잡는 데 열중했다. 일 년이 지나자 초나라에 큰 기근이 들었다. 초나라 사람들은 그동안 모아둔 돈으로 양식을 사려고 했지만 양식을 파는 데가 없어 먹을 것을 살 수가 없었다.

그러자 관중은 모든 제후들에게 초나라에 양식을 팔지 말라는 명령을 내렸다. 초나라의 수많은 군사들은 굶주림으로 인해 전투력을 크게 상실하게 되었다. 관중은 군사를 일으켜 초나라로 향했고 양식이 없어 이미 전의를 상실한 초나라 성왕은 제나라의 신하가 될 수밖에 없었다. 이렇게 하여 관중은 칼 한 번 쓰지 않고, 사람 한 명 죽이지 않고서도 강력한 초나라를 제압했다.

장수가 유능하고
군주가 간섭하지 않는 자는 승리한다

한나라 문제文帝 6년(BC 174), 북방의 흉노가 변을 일으켰다. 이에 종실 유예劉禮를 패상군의 장군으로 임명하고, 축자후祝玆侯 서여徐厲를 극문군 장군에, 하내태수

주아부

河內太守 주아부周亞夫를 세류군 장군에 봉해 오랑캐에 대비하게 하였다.

황제가 스스로 패상군과 극문군에 이르러 친히 둘러보았는데, 장군 이하 병사들이 황제께서 출입할 때 지극한 예를 올렸다. 마지막으로 세류군에 가보니 장병들은 갑옷을 입고 예리한 무기를 들고 화살이 걸린 활시위를 당기고 있었다. 황제의 수행원 중 앞에 서는 이가 들어가려 했으나, 들어가지 못하게 하였다.

수행원이 '황제께서 이곳에 이르셨다.'라고 외쳤으나 수문장이 대답하길 '진영 안에서는 오직 장군의 명령을 들으며, 황제의 명을 듣지 않습니다.'라고 하였다. 얼마 안 있어 황제가 직접 군문에 이르렀으나, 역시 마찬가지로 들어가지 못하게 하였다. 이에 황제는 병사권을 상징하는 표식을 보여주고 조서를 내리길 '짐은 세류군을 친히 시찰하고 싶다.'라고 말하였다. 그제서야 주아부는 군에 명령을 내려 문을 열게 하였다. 군문을 지키던 병사들이 황제의 마차를 담당하는 장군에게 '군중에서 마차를 빨리 달리지 않겠다고 약속해 주십시오.' 라고 청하였고, 이에 황제의 마차는 고삐를 잡아당겨 적당한 속도로 진영 안에 들어섰다.

중영中營에 이르러 장군 주아부가 황상께 인사하며 말하길 '갑옷을 입은 상황이기 때문에 황상께 절을 하지 못하니 부디 군례를 받아주십시오.' 라고 하였고 천자는 이에 감동하여 마차를 꾸미던 장식들을 고치게 하고, 사람을 시켜 주아부에게 '황제는 장군을 공경합니다.' 라고 외치게 하고 스스로를 낮추어 예를 다하고 떠났다. 이렇게 하고 군문을 나서자 군신들이 모두 놀랐다. 그러나 황

주아부-황제에게 예를 취하지 않다

제는 감탄하면서 말하길 '아! 주아부야말로 진정한 장군이다. 패상과 극문의 장군과 병사들은 그저 어린아이 장난과도 같아서 그들은 만약 적이 불시에 습격을 할 경우 포로가 되고 말 것이다. 그러나 주아부와 같은 장수가 있는 한, 어떠한 적도 도모하기 어려울 것이다.' 라고 칭찬했다.

몇 달이 지나 삼군이 해산되었음에도 황제는 주아부를 중용하였다. 황제가 임종 때 태자 유계劉啓에게 이렇게 말했다. '만일 나라가 위급에 처해 있을 때, 특히 반란이 생겼을 때는 주아부에게 중임을 맡길 만하다.' 이후 유계가 즉위하여 경제景帝가 되었는데, 제후국인 오초吳楚의 반란이 일어났다. 경제는 부친의 유언대로 즉시 주아부에게 반란 평정의 임무를 주었다. 이에 주아부는 거절하지도 겸양하지도 않으면서 묵묵히 명령을 받고, 3개월 만에 난을 평정했다. 이처럼 장수가 유능하면 군주는 불필요한 간섭을 하지 않는 것이 상책인 것이다.

전쟁을 잘하는 방법은 계략을 쳐부수는 것이다

  명나라 초기, 연왕燕王이었던 주체朱體는 북평北平(지금의 북경 일대)에서 군사를 일으켜 남경南京을 공략하였고, 남경에 있는 조정에서는 송충宋忠을 보내 방어하였다. 이에 연나라 장수들은 송충의 병력은 많고 자신들은 병력이 적기 때문에 실제 전투가 벌어지면 이기기가 매우 힘들 것이라고 생각했다. 따라서 섣불리 공격하지 말고 수비를 하면서 기회를 엿보아 공격하자고 주장하였다.

  그러나 주체는 그렇게 여기지 않고 가슴속에 있는 생각을 말했다. '용병은 지혜와 모략으로 승리를 취하는 것이다. 송충의 병력은 얼마 전에 모았기 때문에 군심軍心이 하나가 되지 못하여 전투력이 강하지 못하다. 또 송충의 인간됨은 괴팍하고 독단적인 일을 꾸미길 좋아하며, 성미가 급하고 거칠며 용기만 있지 계략이 없다. 우리들은 그가 안정되기 전에 공격하면 승리할 수 있다.' 그의 말을 들은 장수들은 감탄했다. 주체는 8천여 병마로 밤낮으로 진격하여 송충의 주둔지에 이르렀다.

송충의 사병 중에는 북평 사람이 많았다. 그들은 북평에서 내려오는 연나라 군대와 전투하길 원하지 않았다. 이 모습을 본 송충은 한 가지 독한 계책을 쓰기로 했다. 그는 병사들에게 속여서 말하길 '너희들의 가속이 모두 연왕의 병사들에게 살해되었는데, 그 시체를 쌓아놓은 것이 마치 산과 같았다.' 이 소문을 들은 병사들은 과연 모두 격노하여 연나라 군사들을 만나면 사생결단을 내서 복수를 맹세했다. 송충은 이 광경을 보고 음흉하게 웃고 있었다.

　주체는 이 일을 알고 송충 사병들의 가족을 전부 출동시켜 선봉에서 기를 들게 하여 송충의 진영으로 향하게 하였다. 송충의 군대는 연나라 군대가 다가오니 용감하게 죽여 가족들의 복수를 하려고 하였다. 양군의 거리가 점점 가까워지니 송충의 병사들은 기를 든 사람이 자신들의 가족임을 알아채고 기쁜 나머지 전쟁을 잊어버리고 가족의 이름을 부르며 앞으로 달려가서 가족들의 손을 잡고 안부를 물어보았다. 얼마 후 자신들이 송충에게 사기당한 것임을 알고 분하여 도리어 송충을 향해 공격하기에 이르렀다.

송충의 계책은 도리어 화가 되어버렸고, 군중은 소란스럽고 어지러워져 제대로 진용을 갖추지 못하게 되었다. 이 기회를 타서 주체는 강을 건너 송충의 부대를 공격하였고 송충의 부대는 제각기 뿔뿔이 흩어지거나 이리저리 없어져버렸다.

적을 알고 나를 알면 백 번 싸워도 위태롭지 않다

초楚나라 장왕莊王은 진陳나라를 토벌할 계획을 지니고 있었다. 그는 먼저 진나라에 사람을 보내 정탐하게 하였는데 정탐자가 돌아와서 이렇게 보고했다.

"진나라는 쉽사리 토벌할 대상이 아닙니다."

장왕이 그 까닭을 물어보았다.

"무엇 때문에 토벌할 수 없다는 것이오?"

정탐자가 말했다.

"진나라의 성곽은 매우 높고 두터웠습니다. 성을 보호하는 못 역시 깊고 대단히 넓었습니다. 때문에 토벌할 수 없습니다."

장왕이 듣고 크게 웃으며 말했다.

"우리들은 반드시 진나라를 토벌해야겠소."

대신들이 매우 이상하게 생각하고 물었다.

"소신들이 우매하여 대왕의 말씀을 이해할 수 없습니다. 우리들에게 고견을 들려주십시오!"

장왕은 다음과 같이 설명해 주었다.

"진나라는 소국인데 어떻게 그렇게 많은 재물을 축적했겠소. 보나마나 백성들에게 세금을 많이 부과하여 모았을 것이오. 따라서 백성들은 반드시 그들의 임금을 원망할 것이오. 성벽이 높고 두터우며 성벽을 보호하는 못이 깊고 넓으면 반드시 백성들에게 심한 부역을 시켰을 것이오. 백성들이 천신만고 끝에 성벽을 만들어놓고 또 매년 심한 부역을 했다면 누가 폭군의 명령을 따르겠소!"

대신들이 듣고는 장왕의 정밀한 분석에 감복하였다. 그리하여 즉각 진나라를 토벌하니 과연 큰 힘을 들이지 않고 진나라를 점령할 수가 있었다.

또 초나라와 송나라는 사이가 좋지 않았다. 초나라는 송나라에게 교훈을 주기 위해 침공하게 되었다. 그러나 송나라 사람들은 매우 완강하여 초나라 군대가 오랫동안 포위하여 공격했음에도 불구하고 항복하지 않았다. 그래서 초장왕은 장기간 송나라를 포위하고 있었다. 일 개월이 지났고 매일 공격하여 사상자가 속출했으나 송나라의 성은 철옹성처럼 굳건했다. 그는 장군 자중子重을 불러서 성을 공략하지 못한 까닭과 그 대책을 물어 보았다. 자중은 대담하고 솔직하게 말했다.

"대왕! 당신의 주방에 있는 고기는 다 먹지 못하여 썩어 문드러질 정도입니다. 또 술 단지에 있는 술 역시 다 마시지 못하여 부패되고 시어빠지게 되었습니다. 그러나 삼군三軍의 병사들은 매일 배불리 먹지도 못하고 있습니다. 이런 상태에서 어떻게 적을 이길 생각을 하고 계십니까?"

그의 말을 들은 장왕은 바로 관리에게 명령했다.

"나의 주방에 있는 좋은 술과 음식을 병사들에게 나눠주어라! 앞으로 전쟁에서 나는 병사들과 동고동락을 함께 하겠다."

다음날, 성을 지키고 있던 송나라 군사들은 초나라 군사들의 변한 모습을 보고 깜짝 놀랐다. 평소 자신들의 성을 공격했던 초나라 병사들은 천천히 모였다가 대충대충 성을 침공하였는데, 지금은 병사마다 용감하게 다투어 선봉에 서서 죽을힘을 다하여 공격했기 때문이다. 이런 모습을 보고 송나라 군사들은 겁에 질렸고, 마침내 초나라 군사들에게 지고 말았다.

제4편 군형편 軍形篇

- 군의 형세

　본편은 군대가 싸우기 전에 먼저 스스로 불패의 입지를 만들고 나서 적의 허점을 놓치지 않고 공략하는 전법을 소개한 것이다. 손자는 이러한 전법을 '스스로 보전하여 완전한 승리를 거둘 수 있는 방법이다.'고 설명했다

　당태종도 '공격은 수비의 기틀이고, 수비는 공격을 위한 책략이다. 모두 승리하기 위함이다.'라고 말했다.

군형편軍形篇

🏮 본문 번역

손자가 말하였다.

'옛날에 전쟁을 잘하는 자는 먼저 적이 승리할 수 없도록 완벽한 수비태세부터 갖추고 적에게 허점이 노출되어 아군이 승리할 수 있는 여건이 조성되기를 기다렸다. 적이 승리하지 못하도록 하는 것은 아군에 달려 있고, 아군의 승리는 적에게 달려 있는 것이다. 따라서 전쟁을 잘하는 자는 적군이 이길 수 없게는 할 수 있으나 아군이 적에게 반드시 이기게 할 수도 없는 것이다. 그러므로 승리할 것을 알 수는 있으나 승리하게 할 수는 없다고 했다. 이길 수 없는 자는 수비하는 것이요, 이길 수 있는 자는 공격하는 것이다. 수비는 힘이 모자라기 때문이고, 공격하는 것은 힘이 여유가 있어서인 것이다.'

수비를 잘하는 사람은 구지九地의 밑에 숨고, 공격을 잘하는 사람은 구천九天의 위에서 움직이는 것처럼 신속하다. 때문에 스스로 보전하여 완전한 승리를 거둘 수 있다.

누가 보아도 어느 쪽이 승리할 것인지 예측할 수 있는 승리는 최선의 승리가 아니다. 역전 분투하여 천하의 모든 사람들로부터 선전善戰했다는 말을 듣는 것도 최상의 선이 아니다. 깃털을 들어 올린다고 해서 힘이 세다고 하지 않고, 해와 달을 보는 것을 눈이 밝다고 하지 않으며, 뇌성벽력을 듣는 것을 귀가 밝다고 하지 않는다. 옛날의 이른바 전쟁을 잘한 자는 쉽게 이길 곳에서 승리한다. 따라서 전쟁을 잘하는 자의 승리에는 지혜로운 이름도 없고 용맹한 공로도 없는 것처럼 보인다.

그러므로 그 전쟁에서 승리하는 것이 어긋나지 않는다. 어긋나지 않는다는 것은 그 조치하는 바가 반드시 승리하게 되어 있는 것이며 이미 패한 자에게 승리하는 것이기 때문이다. 그러므로 전쟁을 잘하는 사람은 시종 불패의 위치에 서서 적을 허점을 놓치지 않는다. 이런 까닭으로 승리하는 군사는 먼저 만반의 태세를 갖추고

난 뒤에 싸움을 걸고, 패배하는 군사는 대책 없이 싸움을 시작하고 난 뒤에 승리를 갈구한다. 군사를 잘 운용할 줄 아는 사람은 선정을 베풀고 법을 보전한다. 그러므로 승리와 패전의 결정권을 장악할 수가 있었다.

병법에는 도道 · 양量 · 수數 · 칭稱 · 승勝에 관한 다섯 가지 여건이 있는데 이에 따라서 전쟁의 승패가 결정된다. 이 다섯 가지란,

첫째, 도道는 국토가 넓고 좁음의 척도에 관한 것이고,

둘째, 양量은 물자가 많고 적음의 물량에 관한 것이고,

셋째 수數는 인구가 많고 적음의 수량에 관한 것이고,

넷째, 칭稱은 전력의 강약에 관한 것이고,

다섯째, 승勝은 승리 여부를 예측하는 문제이다.

이 다섯 가지 여건은 서로 밀접하게 연관되어 전쟁의 승패를 결정하게 되는 것이다. 그러므로 승리하는 군사는 일鎰의 무게만큼의 큰 문제라도 수銖의 무게처럼 작은 것을 대하듯이 세심하게 대비하고, 패하는 군사는 반대로 수銖의 무게처럼 작은 것을 일鎰의 무게만큼 큰 문제로 여겨서 비교한다. 따라서 승리하는 백성들의 싸

움은 쌓인 물을 터서 천 길의 골짜기 아래로 쏟아지는 것과 같은 형세이다.

한자 및 어휘 풀이

구지九地 : 깊은 땅속.

구천九天 : 높은 하늘.

추호秋毫 : 가을에 짐승의 털처럼 가늘다는 뜻.

일일鎰·수銖 : 고대 무게의 단위. 춘추전국시대에 24수가 1냥兩, 24냥이 1일鎰이었다. 본문에서는 많은 것으로 적은 것을 비교하는 의미이다.

🎵 본문 요약

우주 천지는 상象과 형形이 있다. 《예기禮記》에는 '하늘에서 상을 이루고 땅에서 형을 이룬다.' 고 하였는데, 상은 양陽이고 형은 음陰이다. 《장자莊子》에도 '만물이 이루어져 이치가 생기니, 이를 형체形體라 한다.' 고 하였다. 군대에도 자연히 형체가 있는데, 이를 군형軍形이라 한다. 군형은 두 가지로 해석할 수 있다.

첫째는 군사의 현재 상태이다. 즉 지리적인 요건, 진법의 우열, 군대의 동정, 병사들의 적고 많음, 군대의 관리체계 등에 관한 것이 모두 군형이라고 할 수 있다.

둘째, 군대의 실력이다. 사마천의 <보임안서>에 말하길 '용勇과 겁怯은 세勢이고, 강强과 약弱은 형形이다.'고 하였다. 무릇 각기 다른 군사 상태와 실력은 자연스럽게 군세를 이루고, 군세는 바로 군형이 된다. 이 군형을 잘 파악하고 응용하는 자가 바로 '전쟁을 잘하는 자'가 될 수 있다.

손자는 전쟁을 잘하기 위한 중요한 방법 세 가지를 논하였는데,

첫째, 적이 이기지 못하도록 하는 것이다. 그렇게 하려면 스스로 패하지 않는 경지가 되어야 한다는 것이다. 둘째, 어떠한 경우에도 적이 이길 수 있는 기회를 만들어주지 않는 것이다. 셋째, 어떻게 하면 군대의 조직과 부서를 강화시켜 적보다 강대한 우세를 점유할 수 있는지에 관한 것이다. 또 이러한 우세를 바탕으로 적을 반드시 패하게 만드는 전법을 제시했다.

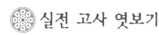 실전 고사 엿보기

**전쟁을 잘하는 자는 적이 승리할 수 없도록
완벽한 수비태세부터 먼저 갖추고
적에게 허점이 노출되어 아군이 승리할 수 있는
여건이 조성되기를 기다렸다**

전국시대 말기에 조趙나라의 명장인 이목李牧(?~BC 229)은 일찍이 군대를 거느리고 조나라의 변경인 안문雁門을 수비하였다. 당시 흉노는 자주 조나라의 변경을 침입하였는데, 흉노의 기병은 바람처럼 왔다가 바람처럼 사라지는 특점特點을 지니고 있었다. 그래서 이목은 먼저 적이 이기지 못하게 하는 원칙을 세워두고 장병들에게 이르기를, 만약 흉노의 병사가 침입하면 교전하지 말고 성에서 지키기만 하라고 명령하였다. 동시에 평소 병사들을 배불리 먹이고, 기마술과 활쏘기 등을 거듭 훈련시켜서 정예병으로 만들어두었다.

그러나 내막을 모르는 흉노는 이목과 그의 병사들을 겁쟁이와 오합지졸로 오인하고 경시했다. 또한 조나라

왕도 싸우지 않는 이목을 꾸짖고 다른 장수를 대신 파견하여 흉노와의 응전을 지시했다. 하지만 다른 장수 역시 흉노와의 교전에서 이렇다 할 성과를 거두지 못할 뿐만 아니라 흉노와의 전쟁에서 패전하기 일쑤였다.

그리하여 조나라 왕은 이목을 다시 기용하게 되었다. 이목은 기존의 전략을 바꾸지 않고 몇 년 동안 착실하게 군사를 훈련시켜 다가올 전투에 대비하였다. 이렇듯 철두철미하게 준비를 마치고 나자 이목은 들판에 가축을 방목하여 흉노가 침입하여 훔쳐가도록 유도했다. 드디어 이 소문을 들은 흉노들이 대규모로 가축을 약탈하기 위해 쳐들어왔는데, 이목은 성 밖에 미리 15만 명의 정병과 전차를 배치하여 흉노를 안팎으로 쳐서 10만여 명의 흉노 병사를 죽이고 여러 흉노 부족을 항복시켰다. 이 타격으로 흉노는 십년간 조나라를 침입할 수가 없었다.

안문

전쟁을 잘하는 사람은 불패의 위치에 서서
적의 허점을 놓치지 않는 것이다

한漢나라 대장군인 한신韓信이 조趙나라를 공격할 준비를 하였다. 이 소식을 들은 조나라 왕과 진여陳餘는 20만 대군을 정형井陘에 집결시키고 전투태세에 들어갔다. 이때 조나라 왕의 모사인 이좌거李左車가 건의하였다.

'한신의 군대가 진을 구축하기 전에 정예부대 3만을 보내 그들의 보급로를 차단하고, 앞뒤에서 협공하는 것이 좋겠습니다.'

그러나 진여는 공부만 해온 선비 출신이었기 때문에, 속임수나 떳떳하지 못한 계책을 쓰려 하지 않았다.

한신

한편 한신은 첩자를 시켜 조나라 진영의 동정을 알아

보게 한 후, 진여가 이좌거의 계책을 들어주지 않았다는 보고를 받고 크게 기뻐하였다. 한신은 조금도 거리끼지 않고 군사들을 이끌고 조나라 땅으로 들어가, 조나라 군대가 집결해 있는 정형에서 30리쯤 떨어진 곳에 진을 쳤다. 한밤이 되자 한신은 출동 준비 명령을 내렸다. 이미 선발된 2천 명의 날렵한 무장 기병들에게 붉은 깃발 하나씩을 나누어주고, 샛길을 따라 산으로 들어가 조나라 진영이 잘 보이는 곳에 숨어 있으라고 작전 지시를 한 다음 이렇게 당부하였다.

'조나라 군대는 우리들이 도망치는 것을 보면 성벽의 수비를 비워두고 우리를 추격할 것이다. 그러면 너희들은 신속하게 성벽에 침입하여 조나라 군대의 깃발을 뽑아버리고 우리 한나라의 붉은 깃발로 바꿔 세우도록 하여라. 오늘 조나라를 쳐부순 후에 배부르게 먹어보도록 하자.'

이와 별도로 한신은 정예병 1만 명을 선발하여 먼저 정형의 입구에서 강을 등지고 진을 치게 하였다. 조나라 군사들은 멀리서 한신 군대의 이러한 진법을 바라보며 크게 웃었다.

날이 밝을 무렵, 한신은 군사들을 이끌고 진격하였고 쌍방 간에 격전이 벌어졌다. 잠시 후, 한나라 군사들이 패주를 가장하여 강가에 쳐놓은 진영으로 퇴각하자, 조나라 군사들은 본진을 벗어나 한나라 군사들을 추격하기 시작하였다.

이때 한신은 주력부대의 출전을 명령하였고, 배수의 진을 친 병사들은 더 이상 도망할 곳이 없었기 때문에 맹렬하게 조나라 군사들과 싸웠다. 조나라 군사들은 필사적으로 저항하는 한나라 군사들을 물리치지 못하게 되자, 진영으로 돌아가려고 하였다. 그런데 뜻밖에도 성벽 위에는 온통 붉은 한나라 깃발들이 나부끼고 있었다. 이를 본 조나라 병사들은 혼란에 빠져 모두 도망하기 시작하였다. 한나라 군사들은 진여를 죽이고, 조나라 왕을 사로잡았다.

군사를 잘 운용할 줄 아는 사람은 선정을 베풀고 법을 보전하여 승리와 패전의 결정권을 장악할 수가 있었다

한고조 유방

한漢나라 왕 유방劉邦이 진秦나라를 점령한 후, 마지막 황제인 자영子嬰을 죽이지 않고 여러 현의 백성들을 불러 다음과 같이 선언했다. '여러분은 지금까지 이 나라의 까다로운 법에 시달려온 지 오래되었다. 진나라에서는 조정을 비방하는 사람은 가족까지 죽이고, 짝을 지어 이야기만 해도 사형에 처했다. 이제 앞으로 내가 관중에 왕 노릇을 할 것이다. 그러니 그 모든 까다로운 법을 다 없애고 다음의 세 가지 법만을 백성들에게 약속한다. 첫째, 사람을 죽인 자는 사형에 처한다. 둘째, 사람을 상하게 한 자와 도적질한 자는 죄를 받는다. 셋째, 그 나머지의 진나라 법은 모두 없앤다.' 그리고는 여러 관리와 백성들에게 '모두 옛날과 같이 편안히 살라. 무릇 내가 여기에 온 까닭은 백성을 위하여 해로움을 제거하려 함이지 침략하고 포악하게 하려는 것이 아니니 두려워 말라. 또 내가 여기에 주둔하는 것은 제후들에게 기다린다고 약속했기 때문에 그 약속을 지키는 것뿐이다.' 하고는 마침내 사

한고조-약법삼장

람을 시켜서 진나라의 관리와 함께 시골 구석구석을 다니며 이를 알리게 하였다.

진나라 백성들이 크게 기뻐하며 서로 다투어 소와 양과 술과 밥을 가지고 와서 바쳐 군사들에게 먹게 하였으니 유방은 또 사양하지 않고 받으면서 말하기를 '창고에 곡식이 많아 부족하지 않으니, 백성의 재물을 허비하고 싶지 않다.' 라고 하였다. 백성들이 또 더욱 기뻐

하여 행여 유방이 나중에 진나라의 왕이 되지 않을까
여길 정도가 되었다.

이처럼 유방은 단지 간략한 세 가지 법을 약속하였는
데, 그 이치가 매우 좋아서 천하를 얻는 근본이 되었다.
반면에 항우는 유방과 달리 진나라에 들어올 때, 진나
라 병졸 20여만 명을 신안의 성 남쪽에서 잔인하게 파
묻어 도륙하고, 또 항복한 왕 자영을 죽였으며 진나라
궁실을 불태우니 불이 삼 개월 동안 꺼지지 않았다고
한다. 그리고 금은보화와 부녀자들을 거두어 동쪽으로
가니 진나라 백성들이 크게 실망하였다. 이것이 바로
항우가 백성들의 원망을 사고 천하를 잃어버리게 된 원
인이 되었다.

병법에는 도 · 양 · 수 · 칭 · 승에 관한 다섯 가지
여건이 있는데 이에 의하여 전쟁의 승패가 결정된다

진시황이 젊은 장수 이신李信에게 초나라를 공략하는
데 군사가 얼마나 필요한지 물었다. 이신은 20만 명이
필요하다고 말했다. 왕은 이번에 왕전에게 물었다. 왕

전은 최소 60만 명은 되어야 한다고 말했다. 황제가 왕전에게 '장군! 이제 늙었구려. 무엇을 그리 겁내시오.' 라며 이신과 몽염에게 병력 20만을 주어 초나라의 형주 지역을 공격했으나 패하여 도망쳐서 돌아왔다. 이에 시황제는 왕전에게 사과하며 나아가 싸울 것을 명했으나 왕전은 병력 60만이 필요하다고 거듭 말하였다. 결국 왕전은 60만 병력을 이끌고 초나라를 공격하기 전 황제에게 개선하여 돌아오게 되면 훌륭한 저택과 전답, 정원과 연못 등을 내려줄 것을 거듭 요청하였다. 황제는 허락하였다. 그러나 왕전은 함곡관에 도착한 뒤에도 다섯 번이나 사람을 보내어 좋은 논밭을 청했다. 부장이 옆에서 말했다.

"장군의 요구가 지나치십니다."

진시황

진시황상

"지나친 것이 아니오!"

"신하가 어찌 임금에게 그런 요구를 할 수 있습니까? 그리고 그까짓 집과 땅이 뭐 그리 중합니까?"

왕전이 말했다.

"우리 임금은 성미가 급하고 의심이 많소. 그가 우리에게 60만 대군을 주었으니 국내에 남아 있는 군사라고는 노약자들뿐이오. 임금은 지금 만약 내가 군사를 돌려 반역이라도 꾀하면 어찌할 건가 그 점을 의심하고 있을 것이오. 내가 임금에게 자손들을 위한다는 명목으로 재물을 요청한 것은 임금을 안심시키기 위한 것이었소. '왕전이 저리도 재물에 욕심을 내는 것을 보니 그에게는 반심이 없다.' 임금이 그렇게 안심할 것이오."

초나라에서는 왕전이 이신을 대신하여 더 많은 군대로써 공격해 온다는 소식에 나라 안의 전 병력을 동원하여 대적할 준비를 하였다. 그러나 뜻밖에도 왕전은 초나라에 이르러 성채를 견고히 하며 수비만 할 뿐 싸우려고 하지 않았다. 초나라 군대가 수차례 싸움을 걸어왔으나 그는 끝내 나오지 않았다. 그는 병법에 나오는 도·양·수·칭·승에 관한 다섯 가지 여건을 세밀하게 비교 관찰하여 응전의 기회를 노리고 있었던 것이다.

우선 왕전은 날마다 병사들에게 휴식을 주면서 목욕하게 하고, 좋은 음식으로써 위로하고 어루만져 달래며, 몸소 병사들과 음식을 함께 들었다. 얼마 동안을 이러다가 왕전이 사람을 시켜서 '군중에서는 무슨 놀이를 하고 있는가?' 라고 물으니, '한참 투석投石과 장애물 넘기를 하고 있습니다.' 라고 하였다. 이에 왕전이 '병사들을 싸움에 쓸 수 있겠다.' 라고 하였다.

초나라는 여러 차례 싸움을 걸었으나 진나라에서 불응하자, 이에 병사들을 이끌고서 동쪽으로 나아갔다. 왕전은 이 틈을 타서 전 병력으로 초나라 군대를 추격하여 마침내 초나라의 장수 항연項燕을 죽이고 대승을 거두었다. 또 이 승세를 타고서 초나라의 성읍들을 평정하여 1년여 만에 초나라의 왕인 부추負芻를 사로잡았고, 결국 초나라 영토를 평정하고 군현으로 삼았다. 그리고 왕전이 이 기회를 이용해서 동남쪽의 백월百越 지역도 정복하였다. 더불어 왕전의 아들 왕분과 이신은 연나라와 제나라를 격파하고 평정하여 마침내 진시황 26년에 천하를 병합하게 되었다.

제5편 병세편 兵勢篇

- 군대의 세력

　본편은 객관적인 군사 실력을 바탕으로 장수가 자기의 재능을 충분히 발휘하여, 전쟁에서 유리한 태세를 조성하고 적을 효율적으로 제압하여 승리를 취하는 방법에 대해 논하였다. 그러기 위해서 정확히 인재를 가려서 군세를 맡기고, 정正과 기奇의 병법兵法으로써 주동적으로 승리를 쟁취할 것을 제시했다.

병세편兵勢篇

🏵 본문 번역

손자가 말하였다.

'무릇 많은 군사를 적은 군사 다스리듯이 할 수 있는 것은 분수分數에 달려 있고, 많은 군사를 싸우게 할 때 마치 소수의 군사를 싸우게 하는 것과 같이 할 수 있는 것은 형명刑名에 달려 있다. 삼군三軍의 많은 군사가 반드시 적을 맞이하여 패하는 일이 없게 할 수 있는 것은 기정奇正의 전법을 잘 구사하는 까닭이고, 병력을 더하여 숫돌로써 새알을 치듯이 할 수 있는 것은 허실虛實의 전법을 잘 구사한 까닭이다.'

무릇 전쟁이라는 것은 정도正道로써 맞서고 변칙적인 기법奇法의 전술을 잘 구사하는 자가 승리한다. 따라서 기법의 전술을 잘 구사하는 자는 그 변화가 천지처럼 무궁무진하고, 다함이 없는 것이 마치 장강長江과 황하黃河와 같다.

끝나고서 다시 시작되는 것은 해와 달이요, 소멸하였다가 다시 소생하는 것은 봄·여름·가을·겨울이다. 소리는 다섯 가지에 지나지 않으나 그 변화는 다 들을 수가 없다. 빛깔은 다섯 가지에 지나지 않으나 그 빛깔의 변화는 다 볼 수가 없다. 맛은 다섯 가지에 지나지 않으나 그 맛의 변화는 다 맛볼 수가 없다. 전쟁의 형세는 기奇와 정正에 지나지 않으나 기와 정의 변화는 속속들이 깊이 다 연구할 수가 없다. 기와 정이 서로 만들어내는 것은 순환의 끝이 없음과 같은 것으로 어느 누가 능히 이를 다할 것인가?

거세게 흐르는 물처럼 빨라서 돌을 뜨게 하는 것은 기세요, 독수리처럼 빨라서 새의 목을 부수고 날개를 꺾는 것은 절도이다. 그런 까닭에 전쟁을 잘하는 사람은 그 기세가 험하고 그 절도가 짧은 것이다.

기세는 쇠뇌를 당긴 것과 같고 절도는 기機를 발하는 것과 같다. 이에 어지러이 얽혀 싸움이 혼란스러워져도 대오를 어지럽히지 못하고, 혼란하게 뒤섞여 진陣의 모양이 둥글게 되더라도 싸움에 패하게 하지 못한다.

어지러움은 다스림에서 생기고 겁은 용기에서 생기며 약함은 강함에서 생긴다. 다스림과 어지러움은 수에 달려 있다. 용기와 겁내는 일은 태세에 달려 있다. 강함과 약함은 형세에 달려 있다. 따라서 적을 잘 움직이는 자가 형세를 나타내면 적은 반드시 이것을 따르고, 주면 적은 반드시 이것을 취하니 이익을 미끼로 던져 적을 유인하고 군사를 잠복시킨 뒤에 기다리게 한다. 그러므로 전쟁을 잘하는 자는 기세로써 승리를 추구하고, 병사 개개인의 전투력에 의존하지 않으며 또 책임지우지도 않는다.

때문에 인재를 잘 가려서 세력을 맡길 수가 있는 것이다. 세력을 맡은 자가 싸우는 것은 마치 나무나 돌을 굴리는 것과 같이 한다. 나무나 돌의 성질은 안정되면 정지하고 위태하면 움직이며 모가 나면 멈추고 둥글면 구른다. 그러므로 싸움을 잘하는 자는 둥근 돌을 천 길이나 되는 산 위에서 구르는 것과 같다.

한자 및 어휘 풀이

분수分數 : 사람의 수를 분별함. 군대의 편제와 조직을 뜻함.

형명刑名 : 본문에서는 지휘의 원칙과 방법. 일설에 형刑은 부대를 표시하는 정기旌旗를 뜻하고 명名은 북으로, 신호나 명령을 뜻함. 곧 형명은 지휘를 말함.

삼군三軍 : 군대의 좌익左翼·중군中軍·우익右翼의 총칭. 주周나라 때 세력이 큰 제후가 출병시키던 상군·중군·하군. 각 군은 1만 2천5백 명이었음. 본문에서는 전체 군대, 전군을 의미함.

기정奇正 : 정법正法과 기법奇法. 보통 정면에서 정정당당하게 싸우는 것을 정법이라고 하고, 도중에 복병을 숨겨놓고 기습하는 것 등 기이한 전법을 기법라고 한다.

허실虛實 : 여기서는 충실한 데를 피하고 허점을 치는 것이다.

🏵 본문 요약

한자로 만든 고사성어 중에 세勢와 관련 있는 것이 많다. 즉 파죽지세破竹之勢, 허장성세虛張聲勢, 세불양립勢不兩立, 세균력적勢均力敵 등등이 있다.

그러면 무엇을 세라고 하는가? 세는 바로 위威와 권權이며 형세形勢라고 할 수 있다. 세란 일종의 무력으로 상대방을 위협하여 변화시키는 역량이며 제압할 수 있는 기세이다. 때문에 손자는 '전쟁을 잘하는 사람은 기세에서 이것을 구하고 사람에게 책임지우지 않는다. 그러므로 능히 사람을 가려서 세력을 맡길 수가 있는 것이다. 세력을 맡은 사람은 그 사람을 싸우게 하는 것이 나무나 돌을 굴리는 것과 같이 한다.' 라고 말했다. 이것이 바로 병세편이 제시하는 '세력을 맡기는 원리' 혹은 '세력을 조성하는 원리' 라고 할 수 있다.

손자는 용병의 법은 기奇와 정正 두 가지 방법에 지나지 않고, 바로 이 기와 정을 적절하게 활용하면 적을 제압할 수 있다고 주장했다. 이것이 바로 본편의 요점이라고 할 수 있다.

무릇 전쟁이라는 것은 정도正道로써 맞서고
변칙적인 기법의 전술을 잘 구사하는 자가 승리한다

서하西夏를 건국한 이원호李元昊 (1003~1048)가 10만 대군으로 송나라의 회원성을 공격했다. 송나라 인종은 서하의 군대가 침범하자 황급히 한기와 범중엄을 보내 응전토록 하였다. 회원성에서 두 나라 군대는 치열한 전투를 거듭하였다. 서하의 군대는 회원성을 끊임없이

이원호

공격했지만 송나라 군사들의 완강한 저항에 어쩔 수 없이 퇴각하기에 이르렀다.

이에 송나라에서 임복에게 추격군을 조직하여 뒤쫓게 하였다. 서하 군대는 송나라 추격군이 매섭게 따라오자 서둘러 호수천好水川(감숙성 평강현 북쪽)까지 퇴각하였다. 송나라 추격군도 급히 쫓아가서 다음날 호수천 입구까지 도착하여 호수천을 사이에 두고 서로 대치하게 되었다.

기실 이원호는 송나라 추격군이 자신의 코밑까지 추격해온 것에 대해 내심 흡족해하고 있었다. 그는 사람을 파견하여 비둘기 백여 마리를 잡아 흙으로 빚은 여러 개의 함 속에다 넣어서 송나라 추격군이 진군하는 길가에 놓게 하고 군사들을 매복시켰다.

이튿날 이른 아침, 임복은 군사를 거느리고 호수천을 따라 서쪽으로 추격했다. 병사들은 얼마 뒤 행군하다 말고 길가에 흙으로 빚은 이상한 함들이 놓여 있는 것을 보고 걸음을 멈추었고, 함 속에서 이상한 소리가 나자 이를 괴이하게 여기며 임복에게 바쳤다. 임복이 함 덮개를 열자 백여 마리의 비둘기들이 삽시간에 하늘로 높이 날아올라 송나라 추격군의 머리 위에서 빙빙 돌았다. 송나라 추격군은 그 비둘기를 쳐다보며 영문을 몰라 어리둥절해 하고 있을 때에 매복하고 있던 서하의 군사들이 일제히 뛰쳐나와 비둘기가 빙빙 선회하는 방향을 향해 화살로 맹공격을 퍼부었다.

불의의 습격을 받은 송나라 추격군은 방향을 잡지 못

하고 갈팡질팡했다. 결국 임복도 화살을 맞고 쓰러졌다. 부하장수가 몸을 피하라고 청했지만 임복은 고개를 저었다. '송나라 대장으로서 불행히 패배하였으니, 마땅히 죽음으로써 나라에 보답해야 한다.'라며 끝내 전장에서 숨을 거두고 말았다. 임복의 추격군은 호수천 전투에서 참패를 당하고 매우 큰 손실을 입었다. 송나라 인종은 그 소식을 듣고 크게 노하여 한기와 범중엄을 강등시켰다.

겁은 용기에서 생기며 약함은 강함에서 생긴다
… 강함과 약함은 형세에 달려 있다

서기전 341년, 위魏나라는 한韓나라를 침공했다. 한나라는 제齊나라에 구원병을 청했다. 제나라에서는 전기田忌를 장수로 삼고 손빈을 군사軍師로 삼아서 10만 대군으로 하여금 위나라의 수도인 대량大梁(지금의 개봉시)으로 진군하여 위나라가 한나라를 공격하는 것을 막으려 했다. 위나라에서 이 소식을 듣고는 태자 신申을 상장군으로 삼고 더불어 방연龐涓을 장군으로 삼아서

방연

10만 명의 대군으로 제나라 군대의 후미를 추격하도록 했다.

위나라 군사들은 평소에 제나라 군사들을 경시하고 그들을 모두 겁쟁이로 여겼다. 이 때문에 손빈은 전기에게 아궁이를 점차 줄이는 방법으로 위나라를 속이고 나중에 일격을 가하여 섬멸할 것을 건의했다. 하루는 제나라 군대에서 10만여 명의 밥을 지을 수 있는 아궁이를 만들어 놓고, 다음날에는 5만 명이 먹을 수 있는 아궁이를 만들었다. 그 다음날에는 2, 3만 명이 먹을 수 있는 아궁이를 만들어 놓았다.

방연이 제나라 군대의 후미를 따라오다가 아궁이가 점점 줄어드는 것을 보고 제나라 군사들이 위나라 국경에 들어온 지 사흘 만에 군사 대부분이 겁을 내서 도망간 것으로 오인했다. 그래서 그는 보병과 무거운 장비를 버리고 날랜 정예병을 모아 서둘러 추격하도록 하였다. 손빈이 방연의 행로를 근거하여 지세가 험준한 마

릉馬陵의 골짜기 사이에 복병을 숨겨두고, 방연이 진입
하면 일제히 공격하기로 했다.

드디어 방연이 정예병을 이끌고 골짜기로 들어오자
제나라 군사는 일제히 활을 쏘니, 방연과 위나라 군사
의 태반은 죽거나 도망갈 수밖에 없었다. 제나라는 승
기를 타고 추격하여 10만여 명의 위나라 군대를 섬멸시
키고, 태자 신을 포로로 잡았다. 이때부터 위나라는 크
게 일어나지 못하게 되었다.

이와 반면에 아궁이를 늘
려서 승리한 경우도 있다. 후
한後漢의 우후虞詡가 무도 태
수武都太守가 되어 부임할 때
강인羌人이 병졸 수천 명을
거느리고 진창陳倉과 효곡崤
谷에서 우후를 막았다. 우후
가 상서上書하여 병력을 청해
놓았다고 하면서 도착하기를
기다려서 출발할 것이라고
선언하자, 강인이 이 말을 들

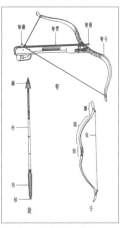

쇠뇌[弩]·화살[箭]·활[弓]

고 옆 고을에다 병력을 나누어 배치하였다. 우후가 적의 병력이 흩어진 때를 이용해서 밤낮없이 전진하되, 관리와 병사들에게 각자 두 개씩의 아궁이를 만들게 하고, 또 날마다 아궁이 수를 배로 증가시키도록 하니, 강인이 감히 가까이 다가오지 못하였다.

인재를 잘 가려서 세력을 맡길 수가 있는 것이다
세력을 맡은 자가 싸우는 것은
마치 나무나 돌을 굴리는 것과 같이 한다

서기전 270년, 위魏나라 사람 범수范雎가 도망하여 진秦나라에 들어가서 진왕秦王을 설득하기를,

"진나라의 강대함과 사졸의 용맹함을 가지고 제후를 다스리는 것을 비유하면 천하의 명견인 한로韓盧를 달리게 하여 다리를 저는 토끼를 잡는 것과 같습니다. 그런데 관문을 닫은 지 15년 동안 감히 산동 지방에 군대를 출동시켜 엿보지 못하는 것은 양후穰侯 위염魏冉이 진나라를 위하여 도모함이 불충하고 대왕의 계책이 또한 잘못된 바가 있기 때문입니다."

하니 왕이 무릎을 꿇고 말하였다.

"실정失政을 듣기를 원합니다."

이에 범수는 다음과 같이 말하였다.

"양후가 한나라와 위나라를 넘어 제나라를 공격하는 것은 좋은 계책이 아닙니다. 지금 왕께서는 먼 나라와는 사귀고 가까운 나라는 공격하는 것만 못 하니, 가까운 나라를 공격할 경우 한 치의 땅을 얻으면 왕의 한 치 땅이 되고 한 자의 땅을 얻으면 왕의 한 자 땅이 될 것입니다. 지금 한나라와 위나라는 중국의 중앙에 해당하는 곳이고 천하의 중추이니, 왕께서 만약 패자가 되고자 하신다면 반드시 한나라와 위나라를 취하여 천하의 중추로 삼아서 초나라와 조나라를 위협해야 할 것이니, 초나라와 조나라가 모두 따르면 제나라가 반드시 두려워할 것이고 제나라가 따르면 한나라와 위나라를 저절로 사로잡을 수 있을 것입니다."

왕이 '좋다.' 하고는 마침내 범수를 객경으로 삼아 함께 국사를 도모하여 결국 이후에 육국을 합병하고 천하를 통일하게 되었다.

임지기林之奇가 말하였다.

"육국이 진나라에 있어서 영토는 여섯 배의 땅을 소유하였고, 병력은 여섯 배의 군대를 보유하였으며, 식량은 여섯 배의 양식이 있었으나 끝내 진나라에 겸병당한 까닭은 진나라는 천하의 형세를 알았고, 육국은 이를 알지 못했기 때문이다. 진나라가 이것을 알 수 있었던 것은 그 계책이 범수의 원교근공遠交近攻(먼 나라와 사귀고 가까운 나라는 공격하는 계책)에서 나왔기 때문이다. 가까이 있는 한나라와 위나라를 취하여 천하의 중추를 잡아서 이미 자신에게 있게 한다면 먼 제나라와 초나라가 어찌 멸망하지 않을 수 있겠는가? 멀리 있는 제나라와 초나라와는 친교를 맺었기 때문에 20년 동안 초나라를, 40년 동안 제나라를 침공하지 않았으며, 가까이 있는 한나라와 위나라를 공격하였기 때문에 올해에 한나라를 정벌하고 다음 해에 위나라를 공격하여 번갈아 출병하고 번갈아 들어와서 자못 편안한 해가 없었다. 이 때문에 한나라와 위나라가 지탱하지 못하고 마침내 굴복하고 패하여 진나라에 항복하니 뒤이어 연나라와 제나라, 그리고 초나라가 차례로 멸망하는 된 것이다. 진나라가 육국을 취할 때에 잠식蠶食이라고 말하였으니, 누에가 뽕잎을 먹는 것은 가까운 곳으로부터 먼 곳에 이른다. 육국은 천하의 중추가 한나라와 위나라에 있음을 알지 못해서 진나라 사람들이 한나라와 위나라를 공격하는 데도 제나라와 초나라가 구원하지 않았으니, 이는 천하의 중추를 진나라에 내버린 것이며 육국이 어찌 망하지 않을 수 있겠는가. 무릇 천하를 평정하고자 하는 자는 반드시 먼저 어렵고 쉬운 형세를 알아야 하니, 그 쉬운 곳부터 공격한 뒤에야 그 어려운 곳에 미칠 수 있는 것이다."

제6편 허실편虛實篇

– 허상과 실상

 본편은 작전 치휘 상에 '실實한 곳을 피하고, 허虛한 곳을 공격한다.' '적에 의해 승리가 결정된다.'는 점을 논술하였다. 적과 아군의 '허실虛實' 관계를 정확하게 인식하고 파악하여 주동적이며 영민하게 전쟁에서 승리를 쟁취하는 방법을 제시했다.

허실편 虛實篇

 본문 번역

손자가 말하였다.

'무릇 싸움터에서 먼저 유리한 지역을 선점하고 적을 기다리는 자는 편안하고, 뒤늦게 싸움터에 나아가 전투로 달려가는 자는 고달프다. 따라서 전쟁을 잘하는 자는 적이 스스로 오게 만들고 적에게 끌려 다니지 않는다.'

적군으로 하여금 스스로 오게 만드는 방법은 적군에게 이익이 되는 일을 미끼로 던져 유인하기 때문이요, 적군이 오지 못하도록 하려면 적에게 불리한 여건을 만들어야 한다. 따라서 적이 충분한 휴식을 취하지 못해 지치게 만들어야 하고, 배부르면 굶주리게 할 수 있어야 하며, 안정되어 있으면 동요하게 할 수 있어야 한다.

진격할 때에는 반드시 쫓아올 곳으로 나아가 적이 뜻

하지 않은 곳으로 나아간다. 천 리를 가도 피로하지 않은 것은 적이 없는 땅을 가기 때문이다. 공격하여 반드시 취하는 것은 지키지 않는 곳을 공격하기 때문이다. 수비하는 것이 반드시 견고한 것은 공격하지 못하는 곳을 수비하기 때문이다.

따라서 공격을 잘하는 자는 적이 수비해야 할 곳이 어디인지를 알지 못하게 만들고, 수비를 잘하는 자는 적이 공격해야 할 곳이 어디인지를 알지 못하게 만든다. 미묘하고도 미묘하여 형태가 없음에 이르는 것이요, 신기하고 신기하여 소리가 없음에 이르는 것이므로 적의 목숨을 맡아 다스릴 수 있는 것이다. 진격하면 막을 수가 없는 것은 그 허虛를 찌르기 때문이요, 퇴각하는데 추격할 수 없는 것은 신속하여서 따를 수가 없기 때문이다.

적이 성루城壘를 높이 쌓고 참호를 깊이 파고서 수비만 할 계획이지만 아군이 공격하면 응전할 수밖에 없는 것은 반드시 지켜야 하는 중요한 곳이기 때문이다. 또 아군이 비록 땅에 금을 긋는 흉내만 내고 허술하게 지킨다고 하더라도 적이 감히 공격하지 못하는 것은 아군

이 매복하거나 다른 곳에 방어태세를 취했을 것이라고
의심하거나 두려워해서이다.

따라서 적의 정세를 드러내도록 유도하되, 아군의 정
세는 드러나지 않으면서 아군은 집중하고 적군은 분산
되도록 유인한다. 아군은 집중하여 하나가 되고 적은
분산하여 열이 되면 이것은 열로써 적의 하나를 공격하
는 셈이다. 즉 아군은 많아지고 적군은 적어지는 것이
다. 많은 것으로써 적은 것을 공격할 수 있으면 아군이
싸우는 것은 수월해지는 것이다.

아군과 더불어 싸워야 할 곳을 적군이 알지 못하게
한다. 싸워야 할 곳을 알지 못하게 하면 적군은 수비해
야 할 곳이 많아진다. 적군이 수비할 곳이 많아지면 아
군이 함께 상대하여 싸워야 할 곳이 적어진다. 따라서
앞을 수비하면 뒤가 적어지고 뒤를 수비하면 앞이 적어
지며, 왼쪽을 수비하면 오른쪽이 적어지고 오른쪽을 수
비하면 왼쪽이 적어지니 수비하지 않는 곳이 없으면 적
어지지 않을 수가 없게 된다. 적은 것은 수비하는 사람
이요, 많은 것은 적으로 하여금 아군을 수비하게 하는
것이다.

따라서 싸울 장소와 때를 알면 천 리 밖에 나가 적을 만나서 싸워도 되는 것이다. 싸울 곳을 알지 못하고 싸울 날짜를 알지 못한다면 좌측의 군대가 우측의 군대를 구원하지 못하고, 우측의 군대가 좌측의 군대를 구원하지 못하며, 전방의 군대가 후방의 군대를 구원하지 못하고, 후방의 군대가 전방의 군대를 구원하지 못할 것이니 하물며 멀면 수십 리요, 가까워도 수리가 떨어진 곳에 있어서이겠는가. 이러한 사실을 헤아려보건대 월나라 사람의 병사가 비록 많다고 하더라도 또한 어찌 승패에 도움이 되겠는가.

이 때문에 '승리는 만들 수 있는 것이니 적이 비록 많다고 하더라도 그들로 하여금 싸우지 못하게 할 수가 있다.'고 말하는 것이다. 따라서 계책을 세워 득실의 계산을 알아야 하고, 일을 일으켜 적의 동정動靜의 이치를 알아야 하며, 전략을 나타내어 생사의 자리를 알아야 하고, 수량을 헤아려 적의 군마가 여유 있는지 모자라는지를 알아야 하는 것이다.

그러므로 형병刑兵의 극치는 형체가 없게 하는 것이다. 형체가 없으면 깊이 침투해 들어온 간첩이라도 엿

볼 수가 없고 지혜로운 사람이라도 대책을 낼 수 없다. 형체로 말미암아 많은 적에게 승리를 거두지만 적은 그것을 알지 못한다. 사람들은 모두 아군이 승리를 거둘 수 있었던 형세는 알고 있으나 아군이 승리를 거둘 수 있게 만든 형세에 대하여는 알지 못한다. 그런 까닭에 싸움에 승리한 작전은 다시 쓰지 않고 적의 형세에 따라 무궁한 전략을 세우는 것이다.

무릇 군사작전의 형세는 물을 본받는다. 물의 흐름은 높은 곳을 피하고 낮은 곳으로 달리며 군사작전의 형세는 실實한 곳을 피하고 허虛한 곳을 공격한다. 물은 땅에 의해 흐름이 결정되고 군사작전은 적에 의해 승리가 결정된다. 그러므로 군사작전에는 일정한 형세가 없고 물에는 일정한 형태가 없다. 적의 형세에 따라 작전을 변화하여 승리를 취할 수 있는 사람을 신묘神妙하다고 이른다. 그러므로 오행五行은 항상 이기는 것이 없고, 사시四時는 항상 제자리에 있는 것이 없으며, 해는 짧고 긴 것이 있고 달은 없어지고 생겨남이 있는 것이다.

성루城壘 : 성보城堡. 성 둘레에 쌓은 토담.

형병刑兵 : 군사작전의 형세.

오행五行 : 금·목·수·화·토의 다섯 가지 요소.

사시四時 : 춘하추동春夏秋冬의 네 계절.

신묘神妙 : 신통하고 묘함.

본문 요약

당태종이 말하길 '짐은 여러 병서를 보았지만 《손자 병법》보다 나은 것을 찾아보지 못했다. 《손자병법》의 13편 중에서도 <허실편虛實篇>보다 훌륭한 것은 보지 못했다. 무릇 용병에서 허실의 세를 정확하게 인식한다 면 반드시 승리할 것이다.'라고 말했다.

허실의 '허虛'는 병력이 분산되거나 불충분하고 모자 란 것이며, 실實은 병력이 집중되고 강대한 것을 뜻한 다. 전쟁 중에서 단지 실한 곳을 피하고, 허한 곳을 공 격하여야 주도권을 장악할 수 있으며 최종적으로 승리할 수 있다고 말한다.

따라서 본편에서는 허실의 변화를 어떻게 운영하여 전쟁의 주도권을 장악하는 문제에 대해 집중적으로 논하고 있다. 그 주요한 내용은,

첫째, '적을 유인하고 적에게 끌려 다니지 않는다.' 는 전략을 통하여 전쟁의 주도권을 장악할 것을 제시했고,

둘째, 뜻하지 않는 곳으로 공격하여 '적의 목숨을 다스릴 수 있게 만든다.' 는 경지가 되어야 한다는 것이다.

셋째, 아군은 집중하고 적은 분산시켜 집중된 우세한 병력으로 분산된 적을 격파해야 한다는 것이다.

넷째, 지휘작전을 영민하게 운영하여 적으로 하여금 정확한 판단을 내릴 수 없게 만드는 것이다.

다섯째, 적으로 하여금 평소에 쉬지 못하고 늘 수고롭게 만들어 전력을 저하시킨다는 것이다.

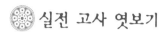 **실전 고사 엿보기**

적이 충분한 휴식을 취하지 못해
지치게 만들어야 한다

서기전 512년, 오왕 합려가 초나라를 대규모로 공략하려 했다.

손무가 저지하며 권해 말했다.

"현재 상태는 아직 성숙되지 않았으니 좀 더 기다려야 합니다."

합려가 말했다.

"언제까지 기다려야 합니까?"

손무는 오자서를 통해 합려에게 한 가지 계책을 내놓았다. 즉 군대를 셋으로 나누어 번갈아가면서 초나라의 변경을 습격하는 것이었다. 초나라는 오나라 군대가 습격할 때마다 대대적인 군사를 동원하여 방어하게 하였다. 그러나 오나라의 군대는 세 부대가 번갈아가면서 습격하여 하나도 지치지 않았고, 반면에 초나라 군대는 이로 인해 매우 지친 상태가 되었다. 이 같은 일이 6년 동안 반복되었다. 그러자 초나라 군대는 피곤을 감당할 수 없었고, 또한 오나라 군대의 습격은 단지 변방 주위에서 맴돌아 크게 걱정할 바가 아니어서 방심하고 있었다.

그러다 서기전 506년에 초나라는 채蔡나라를 공격하였고, 채나라는 오나라에 구원을 요청하게 되었다. 오나라 군신은 초나라를 공격할 절호의 기회로 보고 대규모 군사를 동원하여 초나라를 공격하여 백거柏擧(지금 호북성의 한천현 북쪽)에서 초나라 군사를 크게 무찌르고, 초나라의 수도를 점령하였다.

공격을 잘하는 자는 적이 *그 수비해야 할 곳이 어디인지를 알지 못하게 만든다*

사마의

삼국시대 위魏나라의 장수 사마의 司馬懿는 공손연公孫淵을 공격하여 그의 군대를 포위했다. 그러나 공손연은 견고한 성에 의지하여 철두철미하게 방어만 하고 응전하지 않았다. 그래서 사마의는 군사를 돌려 공손연의 본거지인 양평襄平으로 진군하게 되었다. 그러자 공손연은 양평을 잃는 것이 두려워 부득이 출격하였다. 그 기회를 놓치지 않고 사마의는 즉각 군대를 되돌려서 공손연의 부대를 정면으로 공격하여 크게 승리를 거두었다.

많은 것으로써 적은 것을 공격할 수 있으면,
곧 더불어 싸우는 것은 수월해지는 것이다

1619년, 명明나라는 10만 대군을 동원하여 후금後金의 수도인 혁도아랍赫圖阿拉(지금의 요녕성 신빈 옛 성터)으로 진격하여 일거에 후금의 군대를 섬멸하려 했다. 그러나 명나라 군대의 총사령관인 양호楊鎬는 명나라 군대를 동서남북 방면의 네 부대로 나누어 수도를 점령토록 하는 지휘 상의 큰 잘못을 저질렀다.

이에 반해 후금의 누르하치 방침은 병력을 한 곳으로 집중하여 공격하는 것이었다. 당시 후금의 군대는 7만여 명으로 사기충천하였고 지리환경 등에서 우세했다. 이때 명나라 장수인 두송杜松은 서쪽 방면으로 군대를 동원하여 살이호薩爾滸(내몽골 자치구 포두 동쪽에 있는 소

도시) 지역에 이르렀는데 누르하치는 전군을 동원하여 명나라 군대를 섬멸시켰고, 이어서 마림馬林이 이끄는 북쪽 방면과 유정劉綎이 이끄는 동쪽 방면의 명나라 군대도 무찔렀다. 그러나 명나라 군대는 남쪽 방면의 군대밖에 남지 않아서 누르하치의 군대를 상대할 도리가 없었다. 이 전쟁에서 명나라는 5만 명이 전사하고 후금의 군대는 겨우 2천여 명의 사상자만 있었다. 명나라 군대의 패배 원인은 병력을 네 곳으로 분산하여 누르하치로 하여금 많은 군사로 적은 군사를 대적할 수 있는 치명적인 기회를 제공했기 때문이었다.

계책을 세워 득실을 계산하고 일을 일으켜 적의 동정動靜의 이치를 알아야 한다

서기 221년, 유비는 촉나라 장수 관우關羽가 오나라의 여몽에 의해서 살해된 것을 빌미로 군대를 일으켜 오나라에 복수하려고 하였다. 오나라에서는 육손陸遜을 장수로 삼아 견고하게 방어하되 적을 피곤하게 만드는 계책을 사용하기로 하고, 촉나라의 군대와 효정猇亭(호북성 의도 북쪽) 일대에서 대치하고 있었다.

유비

다음 해, 육손은 촉나라 군대의 사기가 저하되어 있고 병영이 수백 리에 걸쳐 놓여 있는 것을 보고 반격을 시도하기로 했다. 먼저 소규모 병력을 동원하여 촉나라의 작은 병영을 급습하게 만들었다. 그러나 결과는 실패하여 적지 않은 장수들이 육손의 전법에 회의를 가지게 되었다. 그러나 육손은 이 작은 전투를 통하여 촉나라 군영이 모두 목책으로 이루어진 것을 발견했다. 그래서 화공으로 적을 공격하기로 결정하고 오나라 병사들이 촉나라 군영에 불로써 공격하니, 촉나라 군영이 크게 어지러웠다. 육손이 이 틈을 놓치지 않고 총공격을 감행하여 촉나라 군대를 크게 무찔렀다. 유비는 어쩔 수 없이 살아남은 인원을 대동하고 서둘러 촉나라로 돌아갈 수밖에 없었다.

형병의 극치는 형체가 없는데 이르게 하는 것이다

서기 234년, 제갈량은 오장원에서 사마의의 군대와 백여 일 동안 대치했다. 제갈량은 여러 번 도전하였으나 사마의가 출전하지 않자 마침내 사마의에게 부인들이 사용하는 머리 장식품을 보내서 조롱하였다. 사마의가 크게 노하여 위나라 군주 조예에게 싸울 것을 청하니, 조예는 신비로 하여금 군사로 삼고 응전하지 말라고 지시했다. 이에 강유가 제갈량에 이르기를,

"신비가 군사가 되어왔으니 적은 다시 출동하지 않을 것입니다."

하니 제갈량이 대답하였다.

"저들이 본래 싸울 마음이 없는데 굳이 출전을 청한 이유는 자신의 무리들에게 위엄을 보이고자 해서일 뿐이다."

제갈량이 사신을 사마의의 군중에 보내자, 사마의는 단지 제갈량이 자고 먹는 것과 매일 처리하는 일의 많고 적음만 묻고 군대의 일은 묻지 않았다.

이에 사신이 대답하였다.

"제갈 공은 아침 일찍 일어나고 밤늦게 자며 장 20대 이상의 형벌은 모두 직접 살피되 먹는 음식은 몇 되에 이르지 못합니다."

그러자 사마의가 주변 사람들에게 말했다.

"제갈공명이 먹는 것은 적고 일을 많이 하니 오래 살기가 힘들 것이다."

과연 그의 말처럼 제갈량은 병이 위독하여 군중에서 죽고 말았다. 제갈량은 죽음에 임박하여 자신이 수레에 앉아 지휘하는 모습을 꾸며 놓은 뒤에 군대를 철수하도록 하였다.

현지 백성들이 사마의에게 달려가 제갈량이 죽었다고 하자 사마의가 바로 추격을 명하였다. 이에 강유가 양의로 하여금 깃발을 돌이키고 북을 울려서 제갈량이 지휘하는 것처럼 미리 꾸며놓은 수레를 보이며 진군하니, 사마의가 제갈량의 계략에 걸려든 것으로 알고 지레 겁을 먹고 도망갔다.

이 때문에 백성들은 '죽은 제갈량이 산 중달仲達(사마의 자)을 패주시켰다.' 라는 속담을 만드니, 사마의가 이 말을 듣고 웃으면서 말하기를 '나는 제갈량이 산 것

만 헤아렸지, 죽은 것은 헤아리지 못했기 때문이다.'라
고 하였다. 그리고 사마의는 제갈량의 군영이 있는 곳을
순시하면서 탄식하기를 '천하의 기재奇才이다.' 하였다.

제7편 군쟁편軍爭篇

– 군사의 전쟁

  본편은 군대의 기동 및 그 작전에 관한 문제를 논술하고 있다. 저명한 군사 원칙인 '날카로운 기세를 피하고, 나태하고 돌아가려는 기세를 공격한다.' 는 명제를 제시하였다.

군쟁편軍爭篇

 본문 번역

손자가 말하였다.

'무릇 용병用兵의 법은 장수가 군주에게서 명령을 받고 군사를 모으고 백성을 징집하여 진영을 마주하고 주둔하는 것이므로 군쟁軍爭보다 더 어려운 것은 없다.'

군쟁의 어려움은 돌아가는 것으로써 곧게 가는 것으로 삼고 근심스러운 것으로써 이로운 것으로 삼는 데에 있다. 그러므로 그 길을 돌아서 가는 것으로 적을 유인하기를 이利로써 하고, 적보다 뒤에 출발하여 적보다 먼저 도착하는 것이니 이것은 돌아가면서 곧게 가는 계략을 아는 사람이다. 그러므로 군쟁은 이로움이 되기도 하고 위태로움이 되기도 한다. 전군을 들어 이로움을 다투려면 미치지 못하고 일부의 군대를 버리고 이로움을 다투려면 수송부대가 손해를 보게 된다.

이런 까닭에 갑옷을 벗어들고 달려서 밤낮으로 쉬지 않고 길을 배로 늘려 갑절로 행군하여 백리를 가서 승리를 다투려고 하면 삼군이 적에게 사로잡히게 되며, 힘센 자는 먼저 가고 피로한 자는 뒤떨어져서 결과적으로 10분의 1만이 도착하게 된다. 50리를 가서 승리를 다투려고 하면 상장군上將軍이 쓰러지게 되고 군사는 겨우 반만 도착하게 된다. 30리를 가서 승리를 다투려고 하면 3분의 2가 도착하게 된다. 이런 까닭으로 군대에 수송부대가 없으면 패망하고 군량의 보급이 끊기면 패망하며 축적한 물자가 없으면 패망하게 된다.

때문에 제후로서 계략을 알지 못하는 자와 손을 잡으면 손해이고, 산림지대나 험난한 곳, 질퍽질퍽한 습지대의 지형을 알지 못하는 자는 군대를 행군시키지 못한다. 길 안내인을 쓰지 않는 사람은 지형의 이로움을 얻을 수 없는 것이다.

전쟁은 속임으로써 성립되고 이로움으로써 움직이며 병력을 분산시키거나 통합함으로써 진법을 변화시킨다. 그러므로 그 빠르기가 바람과 같고, 그 고요함이 숲과 같으며, 침략하는 것이 불과 같고, 움직이지 않는 것이 산과 같으며, 알기 어려운 것이 어두움과 같고, 움직일 때는 천둥이 치듯이 하여 적이 대응하지 못하게 한다.

적의 고을에서 약탈한 물건들은 그곳 백성들에게 나누어주고, 땅을 넓혀 이익을 나누어주며, 저울에 달아 움직여야 하니 먼저 우직지계迂直之計를 터득한 자가 승리한다.

군정軍政에 이르기를 '말해도 서로 들리지 않기 때문에 북과 징을 만들었고, 보아도 서로 보이지 않기 때문에 깃발을 만들었다.' 고 하였다. 무릇 북과 징과 깃발은

지휘 호령 기구-징과 북

지휘 호령 기구-기와 깃발

병사들의 귀와 눈을 하나로 하기 위한 것이다. 병사들이 이미 오로지 하나가 되면 용감한 병사도 홀로 나아가지 못하고 겁쟁이 병사도 홀로 물러나지 못하게 되는 것이다. 이것이 많은 병사를 운용하는 방법이다. 그러므로 밤의 전투에는 횃불과 북을 많이 쓰고 낮의 전투에선 깃발을 많이 쓰는데, 이것은 병사들의 귀와 눈을 변화시키기 위한 것이다. 그러므로 상대편 삼군의 사기도 빼앗을 수가 있고 적장의 마음도 빼앗을 수가 있는 것이다.

이런 까닭에 아침의 기세는 날카롭고 낮의 기세는 나태해지며 저녁의 기세는 돌아가려는 것이다. 따라서 군사를 잘 쓰는 자는 날카로운 기세를 피하고 나태한 기세와 돌아가는 기세를 공격하는 것인데, 이를 일컬어 기세를 다스리는 법이라고 한다.

마음을 잘 다스려 안정된 태세에서 적이 어지럽고 혼란에 빠질 때를 기다린다. 힘을 잘 추스려 아군은 가까운 곳에서 편안하게 주둔하고 적은 먼 길을 행군하여 지쳐서 피곤하게 만들며, 아군은 배불리 먹이고 적은 군량을 다 소비하여 굶주리게 만든다. 적의 변화를 잘 파악하여 질서정연하게 군진을 갖추고 깃발을 앞세우며 기세당당하게 전진해 오는 적을 정면으로 공격하지 말아야 한다. 군사를 잘 운용하는 여덟 가지 방법이 있는데 다음과 같다.

높은 언덕에 있는 적을 향하여 공격하지 않는다.
언덕을 등지고 있는 적에게는 무리하게 덤비지 않는다.
거짓으로 도망하는 적을 추격하지 않는다.
날카로운 적의 군졸을 공격하지 않는다.
미끼로 던져주는 것을 삼키지 않는다.
돌아가는 적의 군사를 막지 않는다.
적의 군사를 포위하면 반드시 한쪽을 비워둔다.
궁지에 몰린 적군을 핍박하지 않는다.

한자 및 어휘 풀이

군쟁軍爭 : 싸워서 승리를 다투다, 서로 싸우다.
우직지계迂直之計 : 돌아가면서 곧게 가는 계략.
군정軍政 : 옛날의 병서.

🏮 본문 요약

군쟁은 '전쟁 중에 어떻게 하면 주도권을 장악할 수 있는가'에 대한 문제를 다루고 있다. 전쟁 중에 가장 어려운 것은 누가 먼저 주도권을 장악하느냐 이다. 그래서 손자는 전쟁의 승패를 결정하는 주도권을 장악하기 위해서는 반드시 '돌아가는 것으로써 곧게 가는 것으로 삼고, 근심스러운 것으로써 이로운 것으로 삼아야 한다.'고 주장하였다.

즉 돌아가는 것이 곧 바로 가는 것으로 변하고, 이롭지 않은 것을 유익한 것으로 변화시킨다는 것이다. 예를 들어 어떤 목적을 달성하기 위해 달려가서 저과 이로움을 다툴 때에는 군대가 중무장하고 수송부대를 대동하면 반드시 진군 속도가 늦어진다. 또 만약 중무장과 수송부대를 버리고 경무장을 하는 경우에는 진군 속도는 빨라지지만 전투력을 상실할 우려가 있다. 이것은 장수가 지혜를 내서 결정할 사항이다.

더불어 본편에서 손자는 '전쟁은 속임으로써 성립되고 이로움으로써 움직이며 병력을 분산시키거나 통합함으로써 진법을 변화시킨다.'라고 주장하였다. 즉 속임수의 원칙이 유리한지 아닌지 잘 살피고 행동하며, 군대의 분산과 집중을 조화롭게 변화시켜야 진정으로 효율적인 군쟁의 방법이 될 수 있다고 하였다.

이 밖에도 본편에는 행군과 전쟁에 관련된 일련의 원칙을 논술하였는데, 제후의 모략을 격파하기 위해서 행군할 때에 현지 안내인을 대동하고, 작전할 때에는 북과 징, 깃발을 적절하게 사용하며 각기 다른 적의 정보를 먼저 얻어서 상응하는 조치를 취하여 '날카로운 기세를 피하고 그 나태하고 돌아가는 기세를 공격한다.'는 저명한 이론을 만들어 제시하였다.

 ## 실전 고사 엿보기

군사를 잘 쓰는 자는 날카로운 기세를 피하고, 나태하고 돌아가는 기세를 공격한다

서기전 68년, 제齊나라가 군대를 일으켜 노魯나라를

공격하였다. 이에 제나라보다 군세가 약한 노나라는 혼란에 빠졌다. 그때 평민이었던 조귀曹劌가 노나라의 군주인 장공莊公을 뵙기를 청하였다. 그러자 마을사람들이,

"그런 일은 지위 높은 관리들이 알아서 할 터이니 괜히 끼어들지 말게!"

라고 타일렀다. 이에 조귀는 이렇게 대답하였다.

"지위 높은 관리들은 모두 무능하고 안목이 짧아 믿을 수 없어요!"

결국 장공을 뵙게 된 조귀는 대뜸,

"군주께서는 어떻게 싸우실 생각이십니까?"

라고 물었다. 장공은 신하들을 후하게 대접하고 귀신도 존중할 것이라고 대답했다. 조귀는 이런 대답으로는 전쟁에서 승리하지 못할 것이라고 하였다. 그런데 이어서 장공이 최선을 다하여 백성을 위해 싸우겠다고 말하자 그제야 조귀는 안심하고 충성을 맹세했다.

이에 노나라 장공은 조귀를 작전참모로 삼고, 장작長勺에서 제나라 군대와 대항하고 있었다. 장공이 북을 쳐서 진군시키려 하자, 조귀는 좀 더 기다려 보자고 하

였다. 이때 제나라 군대가 한 번 북을 지고 진군하였으나 노나라 군대는 응전하지 않았다. 또 제나라 군대가 재차 북을 치고 진군하였으나 역시 응전하지 않았다. 제나라 군대는 마지막으로 세 번째 북을 치고 진군하자, 조귀는 그제야 노나라 군대에게 북을 치게 하고 응전토록 하여 마침내 제나라 군대를 크게 물리쳤다.

장공이 그들을 추격하려고 하자 조귀는 그를 저지하였다. 그리고 전차에서 내려 제나라 군대의 전차바퀴 자국을 살펴보고, 또 전차의 앞 가로막이 나무에 올라 적군을 바라다보고는 말했다.

"이제 추격해도 좋습니다."

그의 말에 따라 장공은 노나라 군대를 추격시켜 제나라 군사들을 크게 무찔렀다. 싸움이 끝난 후 장공이 승리의 원인을 묻자 조귀는 이렇게 대답했다.

"전쟁이란 용기로 하는 것인데, 한 번 북을 치면 용기가 나는데 응전하지 않았고, 재차 북을 쳤을 때에는 적의 용기가 약해졌으므로 응전하지 않았고, 세 번째 북을 쳤을 때에는 적의 용기가 다 가라앉게 되었던 것입니다. 이때 우리 군대는 처음으로 북을 치고 진격하여 용기 왕성한 군대가 용기를 잃은 적군을 공격하였으니 당연히 승리한 것입니다. 또 제나라는 큰 나라입니다. 저는 그들이 거짓으로 도망하면서 복병을 숨겨두었을까 처음에는 만류했던 것입니다. 그러나 제가 그들이 후퇴退하며 남긴 전차바퀴의 자국을 살펴보니 난잡하고, 또 그들의 깃발이 서로 앞을 다투느라고 이리저리 흔들리는 걸 보았습니다. 그제야 그들이 정말로 패하여 도망한 것으로 단정하고 비로소 추격하도록 했던 것입니다.”

이 고사에서 개전開戰 신호로 한 번 북을 쳐 병사들의 원기를 진작한다는 뜻을 지닌 '일고작기一鼓作氣'란 성어가 생겨났다.

삼군의 사기도 빼앗을 수가 있고
적장의 마음도 빼앗을 수가 있다

초나라 왕 항우와 한나라 왕 유방의 패권 다툼은 초기에는 항우에게 유리하다가 후기로 가면서 유방에게 유리해졌다. 항우는 유방에게 강화를 청하여 홍구鴻溝를 기점으로 천하를 이분하였다. 강화를 체결한 항우는

항우

군대를 이끌고 동쪽으로 돌아갔다. 유방 역시 서쪽으로 가려는데 참모인 장량張良과 진평陳平이 반대했다.

"지금이야말로 한나라와 초나라의 세력 판도가 분명합니다. 이 기회를 잃어서는 안 됩니다."

결국 한신을 비롯한 한나라 군사들은 항우의 군대를 추격하여 해하垓下까지 이르렀다. 항우의 군대는 해하성에 들어박혔으나, 군대는 적고 식량도 다 떨어졌다. 게다가 한나라 군대는 성을 몇 겹으로 포위하고 밤마다 초나라 노래를 불렀다. 항우는 크게 놀라면서 이렇게 물었다.

"한나라 군사가 이미 초나라를 정복했는가? 어찌 초나라 사람이 이렇게 많은가?"

이것은 한나라 군사가 초나라 노래를 불러 해하성의 항우와 그의 군사들을 고립시키려는 심리전술이었다. 밤이 되자 항우는 사랑하는 우미인과 더불어 이별의 주연을 베풀면서 다음과 같은 비분강개한 시 한 수를 지었다.

힘은 산을 뽑아버리고 기개는 세상을 뒤덮을 만한데,
시세가 불리하니 천리마인 추도 가려 하지 않는구나.
추도 가려 하지 않으니 이를 어찌할 것인가?
우미인아, 우미인아, 그댈 어찌할 것인가?[3]

결국 항우는 남은 패잔병을 거느리고 포위망을 뚫고 장렬하게 싸웠으나 역부족이 되자 오강烏江에서 스스로 자결하고 말았다.

***적보다 뒤에 출발하여 적보다 먼저 도착하는 것이니
이것은 돌아가면서 곧게 가는 계략을 아는 사람이다***

전국시대 조趙나라에 조사趙奢라는 훌륭한 장군이 있었다. 그는 서기전 269년, 호양胡陽이 이끄는 진秦 대군

---

3) 力拔山兮氣蓋世, 時不利兮騅不逝.
   騅不逝兮可奈何, 虞兮虞兮奈若何.

이 한나라의 상당上黨 땅을 점령하고 알여閼與 지역까지 점령했을 때, 이를 구원하고자 왕이 여러 신하에게 물어보았다. 왕은 먼저 인상여藺相如를 불러 상의하였다.

"알여를 구할 수 있겠소?"

"길은 험하고 좁은 지역이어서 구하기 어렵습니다."

그러나 왕은 다시 장군 악승을 불러 물었으나 그 역시 인상여와 같은 대답을 하였다. 그래서 조사를 불러 묻자 조사가 대답하기를,

"그곳은 길이 멀고 험하며 좁은 곳입니다. 그곳에서 싸운다는 것은 마치 쥐 두 마리가 쥐구멍 속에서 싸우는 것과 같으므로 결국 용감한 자가 이길 것입니다."

조사

라고 하였다. 왕은 조사를 장군으로 임명하여 구원하게 하였다.

조사의 부대가 한단을 떠나 30여 리쯤에 이르렀을 때, 조사는 군중에 명을 내렸다.

"군사에 대해 간하는 자가 있으면 사형에 처할 것이다."

진나라 군사는 무안의 서쪽에 진을 치고서 큰 북을 두드리고 함성을 질러가며 출전 준비를 하고 있었는데, 그 기세가 대단하여 무안성의 기왓장이 모조리 흔들릴 정도였다. 이에 조나라 척후병 한 사람이 어서 무안을 구하자고 조사에게 건의하자, 조사는 그 자리에서 그의 목을 베어 죽였다. 그리고 보루를 단단하게 하여 29일 동안이나 머물며 진군하지 않고서 오직 보루만 튼튼하게 쌓을 뿐이었다.

　진나라의 첩자가 들어오자 조사는 그에게 음식을 잘 대접해서 다시 돌려보냈다. 첩자가 돌아가 진나라 장수에게 보고하자, 진나라 장군은 '나라를 떠난 지 30리밖에 안 되는 곳에서 주둔하여 진군하지 않고 그저 방벽만 쌓으니, 알여는 조나라 땅이 아니다.' 하며 매우 기뻐하였다.

　조사는 진나라 첩자를 돌려보낸 즉시 군사들의 갑옷을 벗겨 급히 진나라 진지를 향해서 진군시키니, 이틀 낮과 하룻밤 사이에 도착할 수 있었다. 그리고는 활을 잘 쏘는 병사들에게 명하여 알여에서 50리 떨어진 곳에 진을 치게 하였다.

드디어 보루가 완성되었다. 진나라는 이 소식을 듣고 모두 무장을 하고는 내습하였다. 이때 조나라 군사 중 허력許歷이라는 사람이 죽음을 무릅쓰고 군사에 대해 간할 말이 있다고 하자, 조사는 그를 불러들였다. 허력이 다음과 같이 말했다.

"진나라 사람들은 설마 조나라 병사가 모두 왔으리라고는 생각하지 않을 것이므로, 맹렬한 기세로 쳐들어올 것입니다. 장군께서는 병력을 집중하여 진지를 두텁게 하고 그들을 대기하고 계셔야 할 것입니다. 그렇지 않으면 반드시 패할 것입니다."

조사가 그의 건의를 받아들이자 허력은 또 간할 일이 있다면서 이렇게 말했다.

"먼저 북산北山의 정상을 점령하는 쪽이 이길 것이며, 나중에 도착하는 쪽은 질 것입니다."

조사는 허력의 견해를 받아들여 만 명의 군사를 내어 급히 그곳으로 가도록 하였다. 진나라 병사가 나중에 달려와 산 정상을 다투었으나 올라가지 못하였다. 조사는 군사를 풀어 그들을 공격하여 크게 무찔렀다. 진나라 군대가 뿔뿔이 흩어져 달아나니, 조사는 마침내 알여의 포위를 풀고 승리하여 돌아왔다. 이에 조나라 혜문왕은 조사를 마복군馬服君에 봉하고, 조나라의 명장인 염파廉頗와 명재상이었던 인상여 등과 같은 대우를 했다.

전쟁은 속임으로써 성립되고 이로움으로써 움직이며 병력을 분산시키거나 통합함으로써 진법을 변화시킨다

조사에게 괄括이라는 아들이 있어 병서를 가르쳤는데 매우 영리하여 뛰어나게 병법을 잘 알았다. 그러나 조사는 '전쟁이란 생사가 달린 결전이므로 이론만으로 승패가 결정되는 것이 아니다. 병법을 이론적으로만 논하는 것은 장수가 취할 태도가 아니다. 앞으로 조괄이 장수가 된다면 조나라가 큰 변을 당할 위험이 있다.' 라며 부인에게, 나라에서 조괄을 대장으로 삼지 않도록 말려달라는 유언까지 했다.

진秦나라가 조趙 효성왕孝成王 때 다시 침략했다. 조나라는 이미 조사가 죽었으므로 염파가 진나라 침공을 막았다. 진나라는 수차에 걸쳐 접전을 시도했으나 염파는 싸우지 않고 지키기만 했다. 이에 진나라는 첩자를 보내 다음과 같은 유언비어를 퍼뜨렸다.

'조나라 염파 장군은 늙어서 싸움하기를 두려워하기 때문에 두려울 것이 없다. 다만 조괄이 대장이 될 것을 두려워하고 있다.'

이 소식을 들은 조나라 왕은 염파 대신 조괄을 대장 으로 임명하려고 하였다. 그러나 재상 인상여가 극력 반대하면서,

"임금께서는 그 이름만 믿고 조괄을 대장으로 임명하 려는 것은 마치 교주고슬膠柱鼓瑟(비파나 거문고의 기러 기발을 아교로 붙여 놓으면 음조를 바꾸지 못하여 한 가지 소 리밖에 내지 못함)과 같습니다. 괄은 한갓 그의 아버지가 준 병법서를 읽었을 뿐, 때에 맞추어 변통할 줄을 모릅 니다."

하지만 임금은 인상여의 말을 무시하고 조괄을 대장 에 임명하였다. 조괄은 대장이 되는 그날로 병서에 있 는 대로 하면서 염파가 설치한 군영들을 뜯어고치고 참 모들의 의견을 듣지도 않고 적장도 우습게 보면서 자기 주장대로만 작전을 전개했다.

진나라 장군 백기는 이 소식을 듣고는 기병을 보내 달아나는 척하게 하였다. 또한 그들은 조나라 군사의 식량 보급로를 차단하고 조나라 군대를 둘로 갈라놓아, 병사들의 마음이 조괄로부터 떠나게 하였다. 40여 일이 지나자 조나라 군사는 굶주리기 시작하였고, 조괄은 정예부대를 내세우고 직접 전투에 참여하였다. 진나라 군사가 조괄을 쏘아 죽이자 조괄의 군대는 패하여 마침내 수십만 명이 진나라에 투항하였고, 진나라는 그들을 모조리 구덩이에 묻어 죽였다. 조나라는 전후 싸움에서 약 45만 명의 군사를 잃었다.

백기는 조나라 군사의 두골만 거두어 영루 앞에 쌓게 하니 하나의 산이 생겼다. 이를 두로산이라고 명명하고 거대한 대를 세워 '백기대白起臺'라 했다. 어떤 시인이 이 대를 보고 당시 상황을 회고하면서 이렇게 노래했다.

팔 척의 백기대 모두가 두개골이니,

어떻게 하면 일만 명의 뼈가 뒹구는 것을 멈추게 할 수 있겠는가.

이기기 위해 싸우는 것이라 화살과 돌은 인정사정 두

지 않았지만,
  항복한 군사에게 무슨 죄가 있으리오!4)

  결국 백기대는 실전 경험 없이 배운 이론만을 맹신하고, 변화와 응용할 줄 모르는 꽉 막힌 조괄 같은 사람을 경계하는 장소가 되었다.

---

4) 高臺八尺盡頭顫, 何止區區萬骨枯,
   矢石無情緣鬪勝, 可憐降卒有何辜.

제8편 구변편九變篇

– 아홉 가지 변화

본편은 특수한 조건 하에 장수가 갖추어야 할 임기
응변의 작전 지휘법과 유비무환의 사상을 고취시킨 것
이다.

구변편九變篇

🏵 본문 번역

손자가 말하였다.
'무릇 전쟁은 장수가 군주에게서 명을 받아서 군사를 모으고 백성을 징집하는 것이다. 따라서 장수는 마땅히 신중을 기해야 한다. 또 다음의 아홉 가지 변화에 따른 이로움에 통달해야 용병을 잘하는 자라고 할 것이다.

비지圮地에서는 오래 쉬지 말아야 하고,
구지衢地에서는 외교를 펼쳐야 하고,
절지絕地에서는 오래 머무르지 말아야 하고,
위지圍地에서는 빨리 벗어날 것을 도모해야 하고,
사지死地에서는 싸워야 하는 것이다.
길에는 따르지 않아야 할 길이 있고,

성에는 공격하지 않아야 할 성이 있고,

땅에는 다투지 않아야 할 땅이 있고,

군주의 명령이라도 받들지 않아야 할 경우가 있다.'

이 아홉 가지 변화의 이로움에 통달하지 못한 장수는 비록 땅의 형세를 잘 알고 있다 하더라도 땅의 이로움을 얻지는 못할 것이다. 군사작전을 개시함에 있어 아홉 가지 변화의 전술을 알지 못하면 비록 다섯 가지 이로움을 알고 있다 하더라도 적재적소의 용병에 능하지 못할 것이다. 이런 까닭으로 지혜로운 사람의 생각에는 반드시 이로움과 해로움이 섞여 있다. 이로움에도 해로움이 섞여 있어서 함께 힘을 합할 수가 있고, 해로움에도 이로움이 섞여 있어서 불의의 환난을 방지할 수 있는 것이다.

그러므로 제후를 굴복하게 하려면 해로운 것으로써 하고, 제후를 부리려면 사업으로써 하며, 제후를 따르게 하려면 이로운 것으로써 한다. 따라서 용병의 방법은 적이 오지 않으리라는 가능성을 믿을 것이 아니라 아군이 충분히 대비책이 있다는 것을 믿게 만들어야 한다. 또 장수에게는 다음과 같은 다섯 가지 위험한 것이 있다.

1. 죽음을 각오하고 미련하게 싸울 줄만 안다면 죽임을 당할 수 있고,
2. 오직 자신만 살아남기를 도모한다면 포로가 될 수 있고,
3. 장수가 성급하게 행동하면 간계에 빠져 수모를 당할 수 있고,
4. 지나치게 명예심이 강하면 모욕을 당할 수 있고,
5. 병사들을 지나치게 아껴서 미련을 두고 비호하면 곤경에 빠질 수 있다.

이 다섯 가지를 범하는 장수는 용병을 함에 재난을 만나 이끄는 군대는 참패하고, 자신은 죽임을 당할 수도 있으니 자세히 살피지 않을 수 없다.

비지地 : 행군하기 불편한 땅.

구지衢地 : 교통이 편리한 요충지. 사거리의 도로, 사통팔
달로 통하는 길.

절지絶地 : 교통이 불편한 외진 땅, 교통이 단절된 땅.

위지圍地 : 사방이 산이나 물로 둘러싸인 땅.

사지死地 : 나갈 수도 없고 물러날 수도 없는 위험한 땅.

본문 요약

　전쟁터는 천태만상으로 변화하기 마련이다. 따라서
장수의 적절한 임기응변이 전쟁의 승패를 결정한다고
해도 과언이 아니다. 손자는 이를 '아홉 가지 변화'를
통해 각종 가능한 상황을 설정하고 이를 자세하게 설명
했다. 특히 장수에게 위험한 다섯 가지 상황과 이로운
다섯 가지 전법을 통해서 장수가 위기 상황에 대처하는
방법과 효율적으로 군대를 지휘하는 원칙을 깨우쳐주
고 있다.

성에는 공격하지 않아야 할 성이 있다

　서기 617년, 이연李淵은 태원太原에서 병사를 일으켜 수隋 왕조에 반기를 들었다. 이연의 군대는 태안에서 장안으로 진격하는 도중에 여러 성을 함락시키고 하동성河東城에 도착했다. 그러나 하동성에는 수나라 군대의 수비장군 굴돌통屈突通이 결연히 수비를 하자 단시간 내에 함락시킬 수 없었다.

　당시 이연의 군대 내부에는 두 가지 주장이 있었다.

　하나는 이세민李世民을 중심으로, 군대의 주요 목적은 관중關中을 탈취하고 장안성을 공략하여 천하를 호령하는 것이기 때문에 장기간 하동성을 함락시키지 못하면 오히려 큰 기회를 놓칠 수 있기 때문에 하동성을 우회하여 장안으로 진격하는 주장이었다.

　또 다른 주장은 배적裴寂이 중심이 돼서 만약 하동성을 공략하지 못하고 돌아가면 배후가 적에 의해서 곤경에 빠질 것이니, 진군이 늦더라도 하동성을 포위 공격하여 함락시키자는 것이었다.

그러나 이연은 이세민의 의견을 받아들여, 일부분의 군대를 남겨 계속해서 성을 포위해 굴돌통을 견제하고, 주력군은 장안성으로 진격하게 하였다. 그 결과 이연의 군대는 관중을 장악하고 장안성을 점령하여 당 왕조의 기반을 잡는 계기가 되었다. 그러자 얼마 지나지 않아 굴돌통도 투항했다.

군주의 명령이라도 받들지 않아야 할 경우가 있다

제齊나라 경공景公 때, 제나라는 연燕나라와 진晉나라와의 전쟁에 크게 패했다. 그래서 안영晏嬰이 전양저田穰苴를 경공에게 소개하여 그에게 병권을 맡겼다. 이에 전양저가 '저는 본래 미천한 신분인데 군주께서 저를 발탁하여 병권을 맡겨주셨으니, 병사들과 백성들이 아직 복종하지 않고 신임하지 않았습니다. 그러니 군주께서 총애하고 온 병사와 백성들이 존경하는 인물로 군대를 감독하게 하길 바랍니다.' 라고 말하니, 경공은 장고莊賈를 감독관으로 삼았다.

양저는 제경공에게 하직인사를 드린 후, '내일 정오에 군문에서 만납시다.'라고 장고와 약속하였다. 다음 날 양저가 먼저 군영에 가서 해시계와 물시계를 설치해 놓고 장고를 기다렸다. 그러나 장고는, 감독관은 직접 군대를 거느리는 것이 아니라고 생각하고 대부와 친척들과 송별연을 벌이고 뒤늦게 약속 장소에 나타났다. 이에 양저는 화가 나 해시계와 물시계를 엎어버리고 군영으로 들어 사병을 지휘하고 군령을 선포하였다. 이 소식을 들은 장고가 양저에게 사죄하니 양저는,

"장수는 명을 받는 날부터 집을 잊어버려야 합니다. 군영에 이르러 군령을 정하게 되면 그 육친을 잊어버려야 하고, 북을 치며 급히 진격할 때에는 자기 몸을 잊어버려야 합니다. 지금 적군이 나라 깊숙이 침입하여 나라 안이 소란스러우며 사졸들은 변경에서 낮에는 땡볕을 쬐고 밤에는 노숙하며 군주는 깊게 잠들지 못하고 음식을 들어도 그 맛을 모르고 있습니다. 백성들의 목숨이 모두 그대에게 달려 있거늘 이런 때에 무슨 송별연이란 말이오?"
라고 꾸짖고 군의 법무관을 불러,

"군법을 어기고 약속시간에 늦은 자는 어떻게 처리하는가?"

라고 물으니 법무관은,

"참수형에 처합니다."

라고 대답했다. 매우 겁이 난 장고는 경공에게 사람을 보내 구원을 요청하였다. 그러나 떠나간 사람이 미처 돌아오기 전에 양저는 장고를 참수형에 처했다. 얼마 후에 경공에게 보낸 사람이 군주의 부절符節을 들고 장고를 사면시키기 위해 서둘러 말을 타고 군영에 들어왔다. 그러나 양저가,

"장수는 군중에 있을 때에는 군주의 명이라도 받들지 않을 수 있다."

라고 말하면서 또 법무관에게 물었다.

"말을 타고 군영을 달리는 자는 군법상 어떻게 처리해야 하는가?"

"참수형에 처합니다."

라고 법무관이 대답하자 사자는 크게 두려워했다. 그러나 양저는,

"임금의 사자는 죽일 수 없다."

라며 그의 마부를 참수하고 수레의 왼쪽 부목을 잘라내어 전군의 본보기로 삼았다. 이를 본 군사들은 모두 두려움에 떨었다. 그러나 양저는 병사들의 막사, 우물, 아궁이, 식수, 취사, 문병, 의약품 등의 일을 친히 보살피고, 장군에게 주어지는 재물과 양식을 모두 사졸들에게 나눠주면서 앞으로 병사들과 동고동락할 것을 몸소 실천해 보였다. 특히 몸이 약한 병사들을 잘 보살펴주었다. 그러고는 사흘 후에 병사들을 통솔하니, 병자들도 모두 함께 용감하게 나서 양저를 위해 전투에 참여하길 희망했다.

이 소식을 들은 진나라 군사들은 철수해 버렸고, 연나라 군사들도 황하를 건너 해산해 버렸다. 그러자 양저는 그들을 추격하여 잃었던 영토를 수복하고 병사들을 인솔하여 무사하게 돌아왔다. 그가 돌아오자 경공은 군신을 대동하고 교외까지 나아가 영접하며 군사들을 위로하고 그를 대사마大司馬로 임명했다. 이때부터 사람은 그를 사마양저司馬穰苴라고 부르고 더욱 존경하였다.

지혜로운 사람의 생각에도
반드시 이로움과 해로움이 섞여 있다

　한왕 유방이 형양滎陽에서 서초西楚패왕 항우에게 포위당했을 때, 당시 현명한 책략가인 역이기酈食其(?~기원전 204)가 육국의 후손을 다시 세워줌으로써 초나라의 힘을 약하게 만들기를 청하였다. 유방은 그의 말을 받아들여 육국의 인장을 새기도록 하였다.

　이때 장량張良이 외방에 나갔다 돌아와서 배알하자 유방이 장량에게 이러한 사실을 알려주었는데, 장량은 유방이 밥상에 놓여 있던 젓가락을 들어서 그렇게 하면 안 되는 이유 일곱 가지 예를 들어 조목조목 설명하였다. 그리고 마지막으로,

　"지금 천하를 떠돌아다니는 선비들이 친척과 헤어지고 조상의 분묘를 버려두고 친구를 떠나 대왕을 분주히 따라다니는 것은, 단지 밤낮으로 작은 땅덩어리라도 떼어주길 바라서입니다. 그런데 지금 육국을 회복하고 한 · 위 · 연 · 조 · 제 · 초의 후예를 세우면 천하의 선비들이 각자 돌아가 그의 주인을 섬길 것이니, 대왕은 누

구와 더불어 천하를 차지하시겠습니까? 이것이 그 불가
한 여덟 번째 이유입니다. 뿐만 아니라 지금은 오직 초
나라만 강성하지 못하도록 하면 되지만, 만약 초나라가
강성해진다면 대왕이 세운 육국의 후예들이 다시 굽히
고 초나라를 따르게 될 것이니, 대왕께서는 어떻게 그
들을 신하로 삼을 수 있겠습니다. 그러므로 역이기의
꾀를 쓴다면 대왕의 일을 다 그르치고 말 것입니다."
라고 하니 유방은 입 안의 음식을 뱉고 꾸짖기를,

  "이런 유생 놈이 하마터면 대사를 그르치게 할 뻔하
였구나!"
라고 하고는 황급히 관인을 녹여버리고 없던 일로 하
였다.

해로움에도 이로움이 섞여 있어서
환난을 해결할 수 있는 것이다

  서기 200년, 원소袁紹는 10만 대군을 동원하여 조조
의 본거지인 허창許昌을 공격하려 했다. 조조는 서둘러
군사를 허창의 관문이라고 할 수 있는 관도官渡(지금의

하남 중모현 동북쪽)로 보냈다. 그 곳에서 양군은 장기간 대치하고 있었는데, 조조의 병사는 3만 명에 불과하여 원소의 대군과 대적하기 무척 힘들었다. 게다가 군량도 떨어져서 조조는 부득이 관도를 버리고 허창으로 퇴각하려 했었다.

원소

이때 책사 순욱荀彧은 조조가 관도를 버리고 후퇴하는 것을 극력으로 반대했다. 그는 '현재 비록 아군이 피로하고 적의 대군을 상대했지만 이미 반년 동

조조

안 죽을힘을 다해 방어했고, 현재의 상황은 전쟁에서 승패가 결정 나는 순간이라 이때에 방심하고 퇴각하면 원소군은 그 승세를 타고 파죽지세로 밀려올 것이다. 때문에 힘들더라도 계속 버텨야 한다.'고 주장했다. 조조는 손욱의 말에 일리가 있다고 생각하고 계속하여 견고하게 수비하였다.

관도의 전투

과연 얼마 지나지 않아 원소의 부하인 허유許攸가 조조에게 투항하여 원소의 양식 창고를 불태우면 먼저 승기를 잡을 수 있다고 건의했다. 조조는 그의 계략에 따라 행동으로 옮겼고, 최종적으로 관도의 전쟁에서 대승을 거두게 되었다.

장수가 성급하게 행동하면
간계에 빠져 수모를 당할 수 있고……
군대는 참패하고 자신은 죽임을 당할 수도 있다

서기전 203년, 서초패왕 항우는 성고성成皐城를 떠나 동쪽으로 진군하였다. 떠나기 전에 휘하의 장수인 조구曹咎와 장사長史, 사마흔司馬欣에게 '만약 유방이 공격해 오면 성 안에서 수비만 하고 절대 성 밖으로 나가 응전하지 말라.' 고 신신당부를 했다.

얼마 후, 유방은 항우가 떠나간 것을 알고 총공격을 감행하였다. 그리하여 며칠 밤낮으로 성을 공격했지만 함락시킬 수가 없었다. 이에 유방은 참모들과 조구를 성내게 만드는 계책을 수립하고, 성 밑으로 날랜 기병을

서초패왕 항우

매일 번갈아 보내 조구에게 '늙은 겁쟁이 · 멍청이 · 바보' 등등 갖가지 욕을 하게 만들었다. 이렇게 일주일 정도가 지나자 조구는 스스로 성을 참지 못하고 드디어 성문을 열고 유방의 군영으로 쳐들어왔다. 그러나 이 기회를 노린 유방의 군대는 바로 응전하여 통쾌하게 격파하고 성을 함락시켰다. 이에 속은 조구와 장사 사마흔은 자살하고 말았다.

제9편 행군편 行軍篇

— 군대의 행진

　본편은 군대가 각기 다른 지리환경에서 어떻게 행군하고 작전을 펼치며, 부대의 주둔법과 적의 정보를 세밀하게 관찰하여 대처하는 전략에 대해 논술하였다.

행군편行軍篇

 본문 번역

손자가 말했다.
'무릇 군대를 주둔시키고 적의 형세를 잘 살펴야 하는데, 다음과 같은 네 가지 방법이 있다.'

첫째, 산 속에 주둔한 군대의 교전 방법이다.
험준한 산을 배경으로 하고 골짜기에 의지하여,
살아 있는 것을 관찰하고 높은 곳에 처하며,
높은 곳에서 싸울 때에는 오르면서 싸우지 말아야 한다.

둘째, 물가에 주둔한 군대의 교전 방법이다.
물을 건너면 반드시 물에서 멀리 하라.
적이 물을 건너오면 물속에서 그들을 맞이하여 싸우

지 말고 그들로 하여금 반쯤 건너오게 하고서 공격하는
것이 유리하다.

　싸우고자 하는 사람은 물가에 붙어서 적을 맞아 싸우
지 말고 양지쪽을 보고 높은 데에 진을 쳐야 하며 물의
흐름을 맞이하여 싸우지 않는 것이다.

　셋째, 습지대에 주둔한 군대의 교전 방법이다.
　습지대를 건널 때는 오직 빠르게 지나고 머무르지 않
아야 한다.
　만약 습지대 가운데에서 교전하게 되면 반드시 수초
에 의지하고 많은 나무들을 등지고 싸워야 한다.

　넷째, 평지에 주둔한 군대의 교전 방법이다.
　쉬운 곳에 진을 치고 오른편에 높은 언덕을 등지며,
낮은 곳을 앞으로 하고 높은 곳을 뒤로 해야 한다.

　이 네 가지 형세에 처한 군대 교전 방법의 이로움은 옛
날 황제가 사방의 네 오랑캐 임금들과 싸워 이긴 까닭이
다. 대개 군대는 높은 데를 좋아하고 낮은 데를 싫어하

황제

며, 양지를 귀하게 여기고 음지를 천히 여기며, 생生을 기르고 충실한 데로 대처하면 갖가지 병폐가 없어지는 것이니 이는 반드시 승리하게 만드는 것이다.

구릉이나 제방에서는 반드시 양지쪽에 진을 치되 오른쪽으로 등을 두게 해야 하는 것이니 이것은 싸움의 이로움이요, 땅의 도움이 되는 것이다. 상류에서 비가 내리면 물거품이 일 것이다. 건너고자 하는 사람은 그것이 안정되기를 기다려야 한다.

무릇 땅에는 절간絶澗과 천정天井, 천뢰天牢, 천라天羅, 천함天陷, 천극天隙 등이 있는데, 이러한 것들은 반드시 그것들을 빨리 지나가서 가까이 하지 말아야 한다. 우리는 그것을 멀리하고 적은 그것을 가까이 하게 하며, 우리는 그것을 맞이하고 적은 그것을 등지게 해야 한다.

군대가 머물러 있는 곳 근처에 험난한 산이나, 연못에 수초가 무성하게 있거나, 갈대가 어우러져 수북한 곳이 있거나, 산에 수풀이 우거져 있으면 반드시 조심하여 거듭 수색해야 한다. 이런 곳은 복병과 정탐꾼이 숨어 있는 곳이다.

적에게 가까이 접근해도 고요한 것은 그 지세의 험난함을 믿는 것이요, 멀리 포진하고 있으면서 자주 싸움을 거는 것은 나오기를 바라기 때문이다. 그 평탄한 곳에 진을 쳤다면 반드시 싸움에 유리한 조건을 지니고 있어서이다.

숲속에서 많은 나무가 움직이는 것은 적군이 오는 것이다. 수풀에 장애물이 많은 것은 아군을 의혹케 하려는 것이다. 새들이 날아오르는 것은 복병이 있어서이다. 짐승들이 놀라서 달아나는 것은 적의 기습부대가 매복하고 있는 것이다. 흙먼지가 높고 날카롭게 피어오르는 것은 적의 수레가 오는 것이다. 흙먼지가 낮고 넓게 퍼지

매복 기습

는 것은 적의 보병들이 오는 것이다. 흙먼지가 이곳저곳에서 피어오르는 것은 적이 땔나무를 채취하는 것이다. 흙먼지가 적고 사람이 오고가는 것은 적이 야영을 준비하는 것이다.

적군의 사신이 와서 말을 겸손하게 하면 더욱 방비하여 전진하려는 것이요, 말을 짐짓 강하게 하고 진격할 태도를 보이는 것은 후퇴하려는 것이다.

가벼운 전투용 수레가 앞에 나와서 그 양쪽 곁에 있는 것은 진을 치려는 것이요, 약속도 없이 화의和議를 청하는 것은 적이 계략을 쓰고 있다는 것이다. 분주하게 전차를 앞으로 늘어놓는 것은 공격할 것을 기약하는 것이고, 반은 진격하고 반은 후퇴하는 것은 아군을 유인하여 끌어들이려고 하는 것이다.

적이 병장기에 의지하여 일어나는 것은 굶주려서 식량이 부족한 까닭이요, 물을 퍼서 먼저 마시는 것은 식수난이 있다는 것이고, 이로운 것을 보고도 나아가서 취하지 않는 것은 피곤이 누적되었기 때문이다.

새들이 모이는 것은 진영이 비어 있는 것이다. 밤에 소리쳐서 부르는 것은 두려워서이다. 군대가 소란스러운 것은 장수가 중후하지 않아서이다. 깃발이 마구 움직이는 것은 대오가 어지러워서이다. 장교가 노하는 것은 싫증이 나서이다. 곡식 대신 말고기를 먹고 병사들이 솥을 걸지 않고 자기 막사로 돌아가지 않는 것은 궁지에 몰린 군대이다.

거듭 유순하고 진실하지 못하게 부하들의 마음에만 맞게 말하는 것은 도리어 부하들에게 신망을 잃은 것이다. 또 부하들에게 자주 상주는 것은 군색한 짓이다. 자주 부하에게 벌주는 것은 피곤해서이다. 먼저 난폭하고 뒤에 그 부하들을 두려워하는 것은 병법에 정통하지 못한 지극함이다.

적의 사자使者가 와서 인사하는 것은 휴식을 취하고자 하는 것이다. 군대가 노기를 띠고 서로 맞이한 채 오랫동안 맞붙지 않고 또 서로 물러나지도 않으면 반드시 삼가 살펴야 한다. 병력이 많다고 유익한 것이 아니다. 오직 함부로 나아가지 말고 족히 힘을 아우르고 적을 헤아림으로써 적을 취하면 되는 것이다. 계책도 없이 적을 쉽게 여기는 자는 반드시 적에게 사로잡히게 된다.

병졸이 아직 친하게 따르기 전에 벌을 주면 복종하지

않게 되고, 복종하지 않으면 쓰기 어려워진다. 병졸이 이미 친하게 따르는데 벌이 행해지지 않으면 쓸 수가 없게 된다. 그러므로 명령하되 문덕文德으로써 하고, 무위武威로써 다스리면 반드시 승리한다. 명령이 평소에 행해져서 그것으로써 그 백성을 가르치면 백성들이 복종하고, 명령이 평소에 행해지지 않는데도 그것으로써 그 백성을 가르치면 백성들은 복종하지 않는다. 명령이 평소에 행해지도록 하려면 상호간에 신뢰를 쌓아야 한다.

한자 및 어휘 풀이

절간絶澗 : 높은 절벽으로 둘러싸인 좁은 골짜기.

천정天井 : 우물같이 움푹 들어간 분지. 천天은 천연이라
　　　는 뜻.

천뢰天牢 : 험난한 산들에 둘러싸여 빠져나오기 어려운
　　　곳, 사방의 험난한 산들이 우리 역할을 하여
　　　출입하기 힘든 곳.

천라天羅 : 그물같이 한 번 들어가면 나오기 힘든 곳, 초
　　　목이 너무 무성하여 행동이 자유롭지 못한 곳.

천함天陷 : 함정같이 한 번 들어가면 빠져나오기 어려
　　　운 곳.

천극天隙 : 산과 산 사이의 좁고 험한 곳.

문덕文德 : 학문의 덕. 본문에서는 군의 질서와 절도, 군령
　　　　 등을 지칭.
무위武威 : 무인武人이 갖춘 위엄과 덕망.

▦ 본문 요약

　본편은 먼저 산과 강, 호수, 늪과 습지대 등의 지역과
평원지대 등 각기 다른 네 가지 지역에서 행군과 작전
을 펼치는데 필요한 일련의 기본 원칙을 제시하고 있다.
동시에 험준한 산과 협곡, 연못에 수풀과 갈대가 우거
져 있거나 질퍽거리는 지역 등 행군하기 어렵고 적이
매복하기 쉬운 지역을 소개하고 그 대비책에 대해 논술
하였다.

　또한 전장에서 흔히 출현할 수 있는 30여 종의 각종
상황을 설정하고, 장수가 능동적으로 적의 상황을 정확
하게 분석하고 판단하여 대처할 수 있는 방법에 대해
집중적으로 소개했다. 최종적으로 '어떻게 하면 군대에
서 효율적으로 다스릴 수 있는가'에 대한 문제에 대해
서도 주요하게 다루었는데, 즉 '명령하되 문덕으로써

명령하고, 무위로써 다스리면 반드시 승리한다고 이르는 것이다.' '명령이 평소에 행해지도록 하려면 상호간에 신뢰를 쌓아야 한다.' 라고 주장하였다.

실전 고사 엿보기

적이 물을 건너서 오면 물속에서 그들을 맞이하여
싸우지 말고 그들로 하여금 반쯤 건너오게 하고서
그들을 공격하는 것이 유리하다

서기 506년, 오나라와 초나라 사이에 전쟁이 발생하였다. 오나라는 일거에 초나라 군대를 격파하고 청발수 靑發水(호북성 안륙현 서쪽 80리 석문산 아래)까지 추격하였다. 이때 오왕은 오나라 군사들로 하여금 곧바로 초나라 군사들을 공격하려고 하였다. 그러자 부개왕은 오왕을 만류하면서 이렇게 말했다.

"궁지에 몰린 짐승은 죽기 살기로 달려드는 법입니다. 하물며 사람은 오죽하겠습니까? 만일 지금 곧바로 공격하면 초나라 군사는 강을 등지고 죽을 때까지 싸울 겁니다. 그러니 저들에게 먼저 강을 건너면 살 수 있다는 희망을 주고, 반쯤 건너간 후에 공격해도 늦지 않습니다."

오왕은 그의 계책에 따라 초나라 군사들이 강을 반쯤 건너갈 때에 총공격을 하여 크게 이겼다. 또 먼저 강을 건너간 초나라 군사들은 식사 준비를 하고 있다가 오나라 군사들이 들이닥치자 혼비백산하여 식량을 모두 놔두고 도망갔다. 그리하여 오나라 군사들은 강을 건너서 배불리 식사를 하고 또다시 추격하여 옹서雍澨(지금의 호북성 경산현 부근)에서 크게 무찔렀다. 결국 이와 같이 오나라 군사들은 다섯 번의 전투 끝에

수공水攻

초나라 도성까지 진격할 수가 있었다.

　그러나 '적이 강을 반쯤 건너면 공격한다.'는 전법이
항상 유리한 것만은 아니다. 서기 383년, 전진前秦의 군
사 십 수만 명이 비수肥水의 서쪽 언덕에서 진을 치고
동진東晋의 군사 8만여 명은 비수의 동쪽 언덕에서 진
을 치고 서로 대치하고 있었다. 이때 동진의 장수 사현
謝玄은 전진의 왕인 부견苻堅의 성격이 오만방자한 것
을 알고 그에게 동진의 군사가 비수를 건널 때까지 전
진의 군사들은 공격하지 말고 조금만 후퇴하여 기다리
고 있다가 결전을 벌이자고 제의했다. 이에 부견은 자

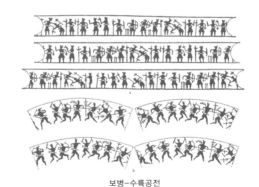

보병-수륙공전

신의 군사들이 많았으므로 동진의 군사들이 강을 반쯤 건너오면 자신은 철갑으로 무장한 기마병으로 공격을 감행하여 섬멸할 것을 계획하고 군대를 조금만 후퇴시켰다. 그러나 의외로 전진의 군사들은 후퇴 명령에 놀라서 자기들끼리 밟히고 깔려서 죽은 시체가 냇물을 막을 정도였지만 한 번 내린 후퇴 명령을 저지할 수가 없었다.

이때 동진의 군사들이 번개처럼 강을 건너서 전진의 군사들을 압박하여 추격하니, 전진의 군사들은 바람소리와 학 울음소리를 듣고도 모두 진나라 군대가 쫓아오는 것이라고 생각하고 밤낮으로 도망하여 감히 쉬지 못하였다. 이처럼 겁에 질린 군사는 인적이 드문 풀숲길로 걸어가며 노지에서 잠을 잔데다 기근과 추위까지 겹치자 죽은 자가 열에 일고여덟 명이나 되었다. 결국 전진의 군대는 궤멸하고 부견은 빗나간 화살을 맞고 단기單騎로 도망하는 처량한 신세가 되었다.

군대는 높은 데를 좋아하고 낮은 데를 싫어하며
······ 생生을 기르고 충실한 데로 대처하면
갖가지 병폐가 없어진다

　서기 228년, 제갈량은 후주 유선에게 <출사표>를 올
리고 제1차 북방 정벌을 떠났다. 출병하기 전에 위연이
자오곡을 따라 곧바로 장안을 공략하는 계책을 말했지
만, 제갈량은 이것을 위험한 계책이라고 하여 채택하지
않고 군사를 둘로 나누었다. 즉 조운과 등지가 의병을
이끌고 미성을 공격하는 척하고, 제갈량은 주력병을 이
끌고 서북의 기산으로 진격했다.

　이에 위나라에서는 '제갈량이 산을 막아 견고하게 지
키기만 했는데 이제 스스로 왔으니 이는 바로 병서에
사람을 오게 하는 방법과 부합한다. 제갈량을 틀림없이
격파할 수 있다.' 하고는 마침내 보병과 기병 5만 명을
거느리고 우장군 장합張郃을 독려하여 서쪽으로 제갈량
을 막게 하였다. 이에 제갈량은 촉으로 들어오는 길목
인 가정街亭의 수비를 위해 마속馬謖을 파견하였다. 마
속이 출발할 때, 제갈량은 가정 부근의 지도를 펼쳐놓

고 지형 및 포진법을 자세히 가르쳤다. 그리고 적을 한 명도 통과시키지 않도록 마속에게 신신당부를 하였다. 그렇게 하고도 불안이 남은 공명은 부장 왕평을 딸려 보내고 가정 동북쪽의 열류성에 병사 1만을 주어 고상을 또다시 파견하였다.

그러나 가정에 도착한 마속은 제갈량의 당부를 무시하고 물이 있는 곳을 버리고 산으로 올라가서 산 아래의 성을 점거하지 않았다. 당황한 부장 왕평이 제갈량의 충고를 일깨우며 만류하였는데, 마속은 '죽을 곳에 선 뒤에야 살 길이 생긴다.' 는 병법의 한 구절을 들어가며 왕평의 경고를 묵살했다. 얼마 후, 위나라 장수 장합이 물을 길러가는 통로를 차단하고 마속의 부대를 공격하여 크게 물리치니 병졸들이 사방으로 흩어졌다.

이 소식을 들은 제갈량은 크게 놀라 낙담하여 '마속의 실수 때문에 전군이 파탄에 이르게 되었다.' 라고 말하고 서둘러 후퇴 명령을 내렸다. 그제야 제갈량은 선제 유비가 '마속은 말만 그럴듯하고 실속은 없으니 크게 쓸 인물이 아니다.' 라는 말을 떠올리며 깊이 후회하게 되었다.

제갈량은 한중으로 돌아간 후에 마속을 체포하여 군율에 따라 참수형에 처하고는 그를 위해 제사를 지내고 눈물을 흘리면서 마치 어린 자식을 잃은 듯이 슬퍼했다. 이로 인해 '읍참마속泣斬馬謖'이라는 고사성어가 생겨났다. 마속의 참패 원인은 비록 '군

마속을 참형에 처하다

대는 높은 데를 좋아하고 낮은 데를 싫어하며 양지를 귀하게 여긴다.'는 병법의 구절에 부합했지만 원활한 군수물자의 보급을 소홀히 여겼기 때문에 실패한 것이었다.

수풀에 장애물이 많은 것은
아군을 의혹케 하려는 것이다
새들이 날아오르는 것은 복병이 있어서이다

  중국 남북조시대, 북주北周(557~581)의 왕이 우문헌
宇文憲을 선봉으로 삼아 북제北齊(550~577)를 치던 때
에 우문헌이 영창공永昌公 춘椿에게 몰래 이르기를, '전
쟁은 기만술欺瞞術이니, 너는 지금 군영을 조성하는 때
에 장막을 치지 말고 잣나무를 베어 암자를 만들어서
처소가 있음을 보여줌으로써 군대가 떠난 후에도 적이
의심하도록 만들어라.' 하였다. 마침 뒤따라 환군還軍
하라는 조칙詔勅을 받들게 되어 병사들을 이끌고 밤에
돌아갔는데, 제나라 사람들이 과연 잣나무 암자를 장막
이라고 생각하여 의심하지 않다가 군대가 물러간 이튿
날에야 깨달았다.
  오대십국시대, 후량後梁(907~923)의 유심劉鄩이 몰래
군사를 내어 황택관黃澤關을 지나 서쪽으로 태원太原을
향해 가면서, 후진後晉(892~942)의 군사들에게 추격당
할 것을 염려하여 풀을 엮어 사람처럼 만들고 그 위에

깃발을 묶은 다음 말에 태워 성첩을 돌아다니게 하였는데, 며칠이 지나서야 진나라 사람들이 깨달았다.

초나라와 한나라의 전쟁에서 처음으로 유방은 항우의 군사에게 패하여 쫓기는 신세가 되었다. 당황한 유방은 수풀이 우거진 곳으로 대비하여 몸을 숨기고 꼼짝달싹하지 못하고 있었는데, 곁에 있는 나무 위에 산비둘기가 계속 울어댔다. 항우의 군사가 수풀을 수색하다가 산비둘기가 날아오르지 않고 나무 위에서 자연스럽게 우는 모습을 보고, 사람이 없는 것으로 판단하고 철수하였다. 이로 인해 유방은 무사할 수가 있었다. 유방이 천하를 통일한 후에 산비둘기가 자신을 구해 주었던 일을 생각하고 산비둘기의 형상을 지팡이 위에 새겨서 '구장鳩杖'이라고 불렀다. 그리고 나이든 공신들에게 무사평온을 기리며 이를 하사하였다.

**적군의 사신이 와서 말을 겸손하게 하면
더욱 방비하여 전진하려는 것이요,
말을 짐짓 강하게 하고 진격할 태도를 보이는 것은
후퇴하려는 것이다**

　서기전 615년, 진秦나라가 진晉나라를 침공하였다. 진晉나라 왕은 조순趙盾을 중군의 원수로 삼고 군사를 이끌고 방어하도록 하였다. 양군은 하곡河曲(현재 산서성 영제)에서 서로 대치하였다. 이때 조순은 성 밖에서 응전하지 않고 오로지 굳건하게 성을 지키면서 원정온 진秦나라 군사를 더욱 지치게 만드는 전법을 썼다. 그의 철두철미한 방어전법으로 인해 진秦나라 군대는 아무런 성과도 이루지 못하자 철군하기로 결정하였다. 그러나 이러한 사실을 숨기기 위하여 조순의 군영에 밀사를 파견하여 호전적인 말투로 '내일 아침 진晉나라 수도를 공격하여 진晉군을 모두 소탕시킬 것이다.'고 단호한 태도를 보였다.
　이 말을 듣고 조순의 부관은 진秦나라가 장차 군대를 철수시키려고 농간을 부리는 것이라고 단정하여 조순

에게 즉시 추격하여 일거에 소탕하자고 건의하였다. 그
러나 조순은 부관의 충고를 무시하고 신중하게 아침까
지 적의 공격에 대비하도록 하였다. 그 사이에 적군은
그날 밤으로 안전하게 모두 철수해 버렸다. 결국 조순
은 적이 거짓되며 강하게 진격할 태도를 보이는 것은
후퇴하려는 계획임을 간파하지 못한 것이다. 이와 반대
로 적에게 겸손하게 항복할 뜻을 보이면서 방비하여 승
리를 거둔 경우도 있다.

당나라 안사의 난 때에 이광필李光弼이 반란군 장수
사사명史思明을 공격할 적에, 적의 군영이 있는 지역에
몰래 도랑을 파서 적군을 물에 빠뜨리기를 기도하면서
겉으로는 항복을 약속하였다.

이광필

약속한 날이 되었을 때 갑사
甲士를 시켜 성가퀴(성 위에 낮
게 쌓은 담)를 지키게 하고 비
교裨校를 내보내어 항복하려
는 것처럼 보이자 사사명이
크게 기뻐하였다. 잠시 후,
적 수천 명이 구덩이로 빠지

는 때에 맞춰 성 위에서 북을 울리며 함성을 지르고, 기병 돌격대가 이때를 틈타서 나와 공격하니 사로잡거나 목을 벤 자가 수만 명이나 되었다.

오직 계책도 없이 적을 쉽게 여기는 자는 반드시 적에게 사로잡히게 된다

서기 964년, 송태조宋太祖 조광윤趙光胤은 서남의 후촉 后蜀 정권을 공격하기 위해 치밀하게 준비하고 있었다. 당시 후촉은 맹창孟昶이 군주 로 있었는데, 그의 수하에 왕

송태조 조광윤

수원王昭遠이라는 신하가 있었다. 그는 후촉의 지추밀 원사知樞密院事로 항상 스스로를 과대 포장하여 자신을 천하의 모략가인 제갈량과 비교하길 좋아했다.

그는 맹창에게 북한北漢과 연맹하여 먼저 송나라를 칠 계책을 냈다. 그리하여 북한에게 밀서를 보냈으나 송나라에 의해서 사전에 발각되어 전쟁의 빌미를 제공

하고 말았다. 그럼에도 그는 하나도 걱정하지 않고 주변 사람들에게 '내가 어떻게 적에게 승리를 거두는지를 두고 보아라! 중원을 취하는 것은 손바닥을 뒤집는 것보다 쉽다.' 고 자신만만해 했다.

기실 왕소원은 평소 병서를 즐겨 읽었지만 실제 전투에서 제대로 공을 세운 적이 없었다. 때문에 왕소원이 이끄는 군대는 송나라 군대에게 연전연패하여 검문劍門(지금의 사천성 검각현 북쪽)까지 퇴각해야 했다. 그는 검문의 지형이 험준한 것만을 믿고 수비했지만 적장 왕전빈王全斌이 기습 전술을 써서 일거에 함락시키니, 한원漢源과 동천東川까지 밀려서 도망치는 처량한 신세가 되었다. 결국 그는 민가의 헛간에 숨어 지내다가 붙잡히고 말았다.

그는 처음에는 웅대한 야심이 있었지만 실전에서 아무런 경험이 없었고, 마침내 주먹으로 자신의 가슴을 치고 발을 동동 구르는 처량한 신세로 전락하여 단지 통한의 눈물을 흘릴 뿐 좋은 계책은 없었다. 그리하여 송나라 군사는 손쉽게 후촉을 점령하고 순조롭게 중국 천하를 통일할 수가 있었다.

제10편 지형편 地形篇

– 지형지물

　본편은 작전作戰과 군사지리의 관계 및 적진의 관찰,
지형물의 이용에 관한 중요성을 논술하였다. 그 중에서
여섯 가지 지형의 작전 규범과 여섯 가지 패인의 요소
를 분석하고, 승리할 수 있는 세 가지 중요한 요소를 제
시하였다. 또한 장수가 군주나 병사들과 주의할 관계를
소상하게 설명하고 있다.

지형편地形篇

🏵 본문 번역

손자가 말하였다.

'지형에는 통형通形, 괘형挂形, 지형支形, 애형隘形, 험형險形, 원형遠形이라는 것이 있다.

통형通形이란 적군이나 아군이 모두 출입할 수 있는 지형으로 먼저 높은 양지에 자리 잡고, 식량의 보급로를 편리하게 해놓고 나서 싸우면 유리하다.

괘형挂形이란 나아가기는 쉬우나 물러서기는 곤란한 지형으로 적의 대비가 없으면 나가서 승리한다. 그러나 만약 적에게 대비가 있으면 나가서 싸워도 승리하지 못하고 돌아오기가 어려우니 이롭지 못하다.

지형支形이란 아군이나 적군 모두 수비와 공격하기

가 불리한 지형으로 적이 비록 아군에게 이롭게 미끼를 던져도 공격해서는 안 된다. 아군을 이끌고 그곳을 떠나 적군으로 하여금 반쯤 나오게 하여 그들을 공격하면 유리하다.

애형隘形인 곳에서는 아군이 먼저 그곳을 차지하고 나서 반드시 방비 태세를 충실하게 한 후에 적을 기다려야 한다. 만약 적이 먼저 그곳을 차지하고 있으면서 방비 태세가 충실하면 쫓아가서 싸우지 말고 방비 태세가 충실하지 않으면 쫓아가서 싸운다.

험형險形인 곳에서는 아군이 먼저 그곳을 점거하고 반드시 높은 양지를 차지하여 적을 기다린다. 만약 적이 선점했다면 아군을 이끌고 그곳을 떠나야 하고, 적군을 쫓아가 싸우지 말아야 한다.

원형遠形인 곳에서는 세력이 균등하면 그것으로써 싸움을 걸기가 어려우니 싸워도 이롭지 못하다.

무릇 이 여섯 가지는 지형을 이용한 방법으로 장수의 임무이니 세밀하게 살피지 않을 수 없는 것이다. 군대에는 주走라는 것이 있고, 이弛라는 것이 있으며 함陷이라는 것이 있고 붕崩이라는 것이 있다. 또 난亂이라는 것이 있고 배北라는 것이 있다. 무릇 이 여섯 가지는 하늘의 재앙이 아니요, 장수의 잘못인 것이다.

주走란 세력은 균등한데 하나로써 열을 공격하는 것을 말한다.

이弛란 병졸은 강하고 장교는 약한 것을 말한다.

함陷이란 장교는 강하고 병졸은 약한 것을 말한다.

붕崩이란 고급 장교가 노하여 복종하지 않고 적을 만나면 원망하면서 마음대로 싸우며, 장수는 그의 능력을 알지 못하는 것을 말한다.

난亂이란 장수가 약해서 엄하지 못하고 교도教道가 분명하지 못하며 장교와 병졸들이 일정함이 없고, 싸움에서 진을 칠 때 종횡으로 하는 것을 말한다.

배北란 장수가 적을 헤아리지 못하여 적은 병력으로써 많은 적과 맞붙고, 약한 병력으로써 강한 적을 공격하면서 선봉의 정예군을 선발하지 않는 것을 말한다.

무릇 이 여섯 가지는 패배하는 길이다. 장수의 지극

한 임무이니 살피지 않을 수 없는 것이다.

'지형'이라는 것은 전쟁에서 도움이 되는 것이다. 적을 헤아려서 승리를 제압하고 지세의 험준함과 거리의 원근을 헤아리는 것은 상장군上將軍의 임무이다. 이것을 알고 싸우는 자는 반드시 승리하고 이것을 알지 못하고 싸우는 사람은 반드시 패배한다.

따라서 전쟁의 도리가 반드시 승리하게 되어 있으면 군주가 싸우지 말라고 하더라도 반드시 싸워야 한다. 전쟁의 도리가 승리하지 못하게 되어 있으면 군주가 반드시 싸우라고 하더라도 싸우지 않아도 된다. 그러므로 승리하더라도 명예를 구하지 않고 패배하더라도 죄를 피하지 않으며 오직 백성을 보호하여 군주를 이롭게 하는 것이 나라의 보배이다.

군졸 보기를 사랑하는 아들과 같이 보살펴준다. 그리하여 군졸과 더불어 깊은 계곡에도 들어갈 수가 있다. 군졸 보기를 사랑하는 아들과 같이 하여야 그와 더불어 생사를 같이할 수 있다. 군졸을 후하게 대하되 부리지 못하고 사랑하되 명령하지 못하고 문란한데도 다스리지 못하면 비유컨대 교만한 아들과 같아서 쓸 수 없게 되는 것이다.

아군이 공격할 수 있음을 알면서 적군을 공격할 수 없음을 알지 못하면 승리의 반이다. 적군을 공격할 수 있음을 알면서도 아군이 공격할 수 없음을 알지 못하면 승리의 반이다. 적군을 공격할 수 있음을 알고 아군이 공격할 수 있음을 알면서도 지형이 싸울 수 없음을 알지 못하면 승리의 반이다.

따라서 전쟁을 아는 사람은 군대를 출동시키되 미혹되지 않고, 군사를 일으키되 곤궁하지 않다. 그러므로 말하기를 '적을 알고 나를 알면 승리가 이에 위태롭지 않고, 땅을 알고 하늘을 알면 승리가 이에 온전할 수 있다.'고 하였다.

한자 및 어휘 풀이

통자通者 : 통형通形. 사방으로 통하는 지형.

괘자挂者 : 괘형挂形. 그물과 같이 한 번 들어가면 빠져나오기 어려운 지형.

지자支者 : 지형支形. 서로 지탱하는 산.

애자隘者 : 애형隘形. 양쪽 산이 계곡으로만 통하는 것.

험자險者 : 험형險形. 언덕이나 능선으로 되어 있는 것.

원자遠者 : 원형遠形. 멀리 떨어져 있는 것.

🏮 본문 요약

본편은 지형이 전쟁 중에 미치는 영향과 중요성을 논술한 것이다. '지형地形이라는 것은 전쟁에서 도움이 되는 것이다.' 라고 하여 지형이 군사 행동의 중요한 보조 역할을 한다고 보았고, 장수가 전쟁에 앞서서 상세하게 지형에 대한 분석과 이해가 되어 있어야 한다고 지적했다.

동시에 <모공편謀攻篇>에서 제기했다. '지피지기 백전불태'의 사상을 보충했고 장수는 지피지기뿐만 아니라 지형을 잘 살펴서 전투에 적합하게 사용해야 한다고 강조했다. 이 때문에 본편에서 전문적으로 통通·괘挂·지支·애隘·험險·원遠 등 여섯 가지 지형 중에서 어떻게 작전을 구사할 것인가에 대한 구체적인 원칙을 제시하였다.

이 밖에도 본편에서는 장수의 지휘가 적절하지 못한 여섯 가지의 실패에 대한 정황을 논술하고, 더불어 장수가 전쟁의 규율을 정하고 전쟁을 수행할 때에는 맹목적으로 군주의 명령을 따라서는 안 된다고 일깨워주고 있다.

 ## 실전 고사 엿보기

'지형'이라는 것은 전쟁에서 도움이 되는 것이다
적을 헤아려서 승리를 제압하고 지세의 험준함과
거리의 원근을 헤아리는 것은 상장군의 임무이다

당현종 6년(747) 12월, 서역 각국은 토번의 지지 하에 당나라와 친선관계를 파기하고 공공연하게 병사를 일으켜 당나라의 변경을 침입하였다. 이에 큰 위협을 느낀 당나라 조정에선 고구려 유민 출신의 장수인 안서도지 병마사 고선지(702~756)로 하여금 서역의 발률국勃律國을 정벌하도록 하였다. 고선지가 병사를 이끌고 발률국의 변경에 진입하여 신도하(信圖河)를 건널 무렵이었다.
정찰 나간 병사들이 돌아와서 말하길 '10만의 토번 군
대가 전면의 산 정상을 점거하고 발률국을 지원 나왔습
니다.'고 보고했다.

이 소식을 들은 고선지는 크게 놀라며 급히 주둔부대
에 전하고, 자기 스스로 십여 명의 병사를 이끌고 전면
의 지형을 살펴보았다. 과연 토번의 군영은 산 위에 목
책으로 만들었는데, 수비하기는 쉽고 공격하기는 어려
운 지방이었다. 정면에는 깎아놓은 듯한 산벼랑이 있었
는데, 그 아래에는 물살이 빠른 신도하가 흐르고 있었
다. 그곳은 새처럼 날개가 없는 한 공격하기 매우 어려
운 곳이었다.

고선지는 부하장수들을 소집하여 말했다.

"제군들은 나를 따라 발률국을 정벌하러 왔고, 이 지
역의 안위가 모두 우리들에게 달려 있다. 그런데 지금
토번인의 군영이 산 위에 자리 잡고 있어 우리가 공격
하기가 매우 어렵다. 이를 타계할 좋은 방책이 없는가?"

이때 한 부장 장수가 나와서 이렇게 말했다.

"토번의 군영이 험한 산과 거센 물길에 의지하여 있

기 때문에 정면으로 공격하기 어렵습니다. 따라서 뒤로 돌아가서 토번의 배후를 포위하여 공격한다면 우리들의 지형적인 열세를 극복할 수 있을 것입니다."

그의 말을 듣고 고선지는 이렇게 대답했다.

"기병奇兵을 써서 토번의 배후를 치는 것도 좋은 계책이다. 그러나 그들도 우리가 정면으로 공격하기 어렵기 때문에 배후를 공격할 것이라고 예상하고 있을 것이고, 만약에 우리가 배후를 칠 때에 그들이 매복하여 우리를 포위 공격한다면 속수무책으로 당하고 말 것이다. 그러므로 우리는 그들이 예상하지 못하는 정면으로 공격해야 승산이 있다."

그래서 고선지는 정면으로 공격할 것을 지시하였다. 칠흑 같은 밤에 고선지는 부하를 이끌고 신도하를 건너서 토번 군영의 아래까지 도착하여 부하장수인 이사업李嗣業에게 당부하였다.

"오시午時(낮 11시에서 1시)가 되기 전에 토번의 군영을 격파해야 한다."

이사업은 경조 고릉인으로 사서의 기록에 의하면, 그의 키는 7척이고 용감무쌍하여 천보연간(742~756) 초

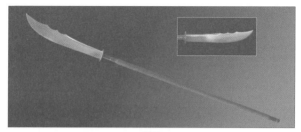

맥도

에 당시 당나라 군대에서 처음으로 사용했던 저명한 무기인 맥도陌刀(긴 칼)의 달인으로 알려졌다. 이번 고선지의 발률국 정벌에 있어서도 그를 중랑장中郞將으로 삼고, 좌우로 맥도를 잘 사용하는 장수로 하여금 그를 도와서 공격하게 하였다.

공격이 개시되자 토번 병사는 목책에서 산을 등지고 대항하여 돌덩이와 나무토막이 비 쏟아지듯 하였다. 이 사업이 고선지 장군의 깃발을 들고 보병을 이끌고 험한 곳을 따라 먼저 올라 힘껏 싸워 토번의 깃발 대신에 고선지 장군의 깃발을 꽂았다. 그러자 완강하게 대항하던 토번 병사들이 동요하고 고선지의 병사들은 사기가 충천하여 마침내 산 위의 목책성을 점령하였으며, 토번

당대 맥도 무사

병사 5천 명을 참수하고 천여 명을 포로로 잡았고 그 나머지는 모두 자기 나라로 달아났다. 또 발률국의 왕을 사로잡았다.

이후 749년에는 호탄 왕과 토번의 군대를 격파하고, 750년에는 파미르 고원을 넘어 서쪽 투르키스탄과 타슈켄트에 이르러 그 왕을 사로잡아 재산과 보물을 몰수하였다. 이와 같은 고선지 장군의 승리로 말미암아 서역의 72개국은 분분히 당나라에게 조공을 바치게 되었다. 고선지 장군의 승리는 병법상의 금기로 알려진 '험형'을 공격하는 것에는 위배되었지만, 결국 험한 지형을 믿고 안일하게 대처했던 적군의 심리를 역이용하여 승리한 것이다. 당시 고선지 장군의 승전보는 당나라 조정과 백성들에게 큰 기쁨과 위안을 가져다주었다.

승리하더라도 명예를 구하지 않고 패배하더라도
죄를 피하지 않으며 오직 백성을 보호하여
군주를 이롭게 하는 것이 나라의 보배이다

  풍이馮異(?~34)의 자字 공손公孫이고, 영천부성潁川父
城(지금의 하남 보풍 동쪽) 사람이었다. 그는 어렸을 때부
터 독서를 좋아했는데, 특히 《좌씨춘추左氏春秋》와 《손
자병법》에 정통했다. 처음에 왕망王莽을 섬기다가 뒤에
후한의 광무제가 된 유수劉秀의 장군이 되었다.

  그는 유수가 황제가 되기 전에 백성들에게 덕을 베풀
어 인심을 얻게 만들었다. 즉 유수는 형 백승伯升이 억
울하게 죽음을 당했을 때 감히 슬픔을 드러내지 않고
매양 홀로 머물면서 술과 고기를 먹지 않고 잠자리에서
는 눈물을 흘렸다. 이에 풍이는 홀로 머리를 조아리고
비유를 통해 슬퍼하는 감정을 풀어주면서 말했다.

  "천하 사람들이 왕씨에게 고통을 당하여 한나라를 그
리워한 것이 오래되었습니다. 그러나 지금 갱시의 여러
장수들은 제멋대로 포학하여 이르는 곳마다 노략질을
하고 백성들은 실망하여 의지할 곳이 없습니다. 지금

공께서는 한 지방의 명命을 관장하여 은택을 베푸시옵소서. ……사람이 오랫동안 배고프고 굶주리면 배부르게 하기가 쉽습니다. 마땅히 급히 관리들을 나누어 파견하여 군현을 돌아다니면서 원통하게 맺힌 것을 풀어주고 혜택을 베풀게 하소서."
라고 하였고 유수는 이를 받아들였다. 그리하여 유수가 인심을 어루만지고 군대를 일으켜서 황제가 되는데 결정적인 역할을 하였다. 그럼에도 풍이는 사람됨이 겸손하고 스스로를 낮추어, 길을 가다가도 여러 장수와 서로 마주치면 문득 수레를 끌고 길에서 피하였다. 나아가고 물러남에 모두 일정한 곳이 있어 군중에서는 그를

대수장군 풍이

'단정한 사람'이라고 불렀다. 매양 머물러서 제장들이 함께 앉아 공을 논할 때마다 풍이는 항상 홀로 나무 아래에 숨었기 때문에 군중軍中에서는 그를 대수장군大樹將軍이라고 불렀다.

이때 군사들은 모두 대수

장군의 부하가 되고 싶다고 말하자 유수는 이것으로 인해 그를 중요하게 여겼다. 별도로 철경鐵脛(봉기군 중의 한 무리)을 북평北平(하북성 만성현 북쪽)에서 격파하였고, 흉노의 우림답대왕에게 항복을 받아냈으며, 유수를 따라 하북과 관중을 평정하고 외효隗囂를 정벌하였다. 그러나 풍이는 항상 공로를 자랑하지 않았고 전장에선 언제나 선봉에 섰으며 일신의 부귀영화를 도모하지 않고 군영에서 병사들과 생사고락을 함께하며 죽었다. 그리하여 사후에 절후節侯라는 시호를 받았다.

군졸 보기를 사랑하는 아들과 같이 하여야 그와 더불어 생사를 같이할 수 있다

오기吳起는 춘추전국시대 위衛나라 사람이다. 오기가 위나라의 문후(BC 445~396)에게 갔을 때의 일화이다.

오기는 장군이 되자 가장 신분이 낮은 사졸들과 같은 옷을 입

오기

오기-병사의 종기를 빨다

고 식사를 함께 하였다. 잠을 잘 때에는 자리를 깔지 않았으며 행군할 때에는 말이나 수레를 타지 않고 자기가 먹을 식량을 친히 가지고 다니는 등 사졸과 수고로움을 함께 나누었다. 언제인가 사졸 중에 독창 毒瘡이 난 자가 있었는데 오기가 그것을 빨아주었다. 사졸의 어머니가 그 소식을 듣고 통곡하였다. 어떤 사람이,

"그대의 아들은 일개 사졸인데, 장군이 친히 그 독창을 빨아주었거늘 어찌하여 통곡하는 것이오?"
라고 하자 그 어머니는,

"그렇지 않소. 예전에 오공吳公(오기)이 그 애 아버지의 독창을 빨아준 적이 있었는데, 그이는 감격한 나머지 전쟁터에서 물러설 줄 모르고 용감히 싸우다가 적에

게 죽임을 당하고 말았습니다. 오공이 지금 내 자식의 독창을 빨아주었다니, 난 이제 그 애가 어디서 죽게 될 지 모르게 되었습니다. 그래서 통곡하는 것입니다."
라고 하였다.

이와 반면에 《손자병법》을 저술한 손무는 기강을 엄하게 밝히기로 유명하다. 즉 오나라의 제24대 왕 합려가 손무의 저서를 읽고 나서 감동하여 그를 초빙하여 병법 시범을 보여 달라고 요청하였다. 그러자 손자는 즉시 궁녀 180명을 모아놓고 두 편으로 나누었으며, 궁녀들 가운데 합려가 가장 총애하는 두 명을 각각 대장에 임명하였다. 손무는 자신이 세 번 시범을 보인 다음 다시 다섯 번 설명하였다. 설명이 끝나자 명령하면 그대로 따라하라고 하였으나 궁녀들은 웃기만 하고 움직이지 않았다.

처음에는 자신의 명령이 철저하지 않았으므로 이는 전적으로 지휘관인 자신의 책임이라고 하였다. 궁녀들로부터 자신의 명령에 복종하기로 다짐을 받았지만 두 번째 명령에도 따르지 않았다. 그러자 손무는 대장 두 명을 참수하려고 하였다. 왕이 극구 만류하였지만 손무는,

손무-오궁에서 궁녀로 군사훈련

"실전에서는 왕의 명령이라도 거역할 수 있습니다."
라고 하면서 참수하였다. 그때서야 비로소 궁녀들은 손자의 명령에 따라 일사불란하게 훈련에 임하였다.

이처럼 장수가 병사를 다스릴 때에 어진 은혜를 베풀고, 또 엄한 기강을 세워야 비로소 움직일 수가 있는 것이다.

제11편 구지편九地篇

– 아홉 가지 땅

　본편은 〈지형편〉의 자매편이라고 할 수 있다.

　각기 다른 아홉 가지 작전 구역에서 서로 다른 대응 대책을 세워 응전하는 방법을 논술했다. 특히 장수가 각기 다른 작전 지역에서 생길 수 있는 여러 가지 심리 상태를 세밀하게 분석하고, 이를 바탕으로 실제 전략전술에 적절하게 사용함으로써 전쟁에서 승리하는 법을 제시하고 있다.

구지편九地篇

본문 번역

손자가 말하였다.

'싸움터는 지세에 따라 산지散地, 경지輕地, 쟁지爭地, 교지交地, 구지衢地, 중지重地, 비지圯地, 위지圍地, 사지死地로 구분되며 이때에는 다음과 같이 대처해야 한다.

산지散地란 제후가 자국의 영토 안에서 싸우는 것을 말한다.

경지輕地란 적지에 들어가되 깊이 들어가지 않는 것을 말한다.

쟁지爭地란 아군이 얻어도 적군이 얻어도 이로운 곳을 말한다.

교지交地란 아군이 갈 수도 적군이 올 수도 있는 곳

을 말한다.

구지衢地란 제후의 땅으로 세 나라에 인접해 있어서 먼저 취하면 천하의 백성을 얻는 곳을 말한다.

중지重地란 적지로 깊숙이 들어가 성읍을 등지는 것이 많은 곳을 말한다.

비지圮地란 산림과 험난한 곳과 습지대를 지나야 하는 등 가기 어려운 길을 말한다.

위지圍地란 진입하는 곳의 길이 좁고 따라서 돌아가는 곳의 길이 멀어 적군의 적은 군사로써 아군의 많은 군사를 공격할 수 있는 곳을 말한다.

사지死地란 신속하게 싸우면 살고 그렇지 못하면 멸망하는 곳을 말한다.

이런 까닭으로 구지에서 다음과 같이 대처해야 한다.

'산지'에서는 전투하지 마라.
'경지'에서는 머무르지 마라.
'쟁지'에서는 공격하지 마라.
'교지'에서는 끊지 마라.

'구지'에서는 외교로 연합작전을 해야 한다.

'중지'에서는 빼앗아야 한다.

'비지'에서는 행군해야 한다.

'위지'에서는 계략으로 상대방에게 선수를 쳐야 한다.

'사지'에서는 필사적으로 전투하는 것이다.

이른바 옛날의 용병을 잘한 사람은 적의 전후부대가 서로 연결되지 못하게 하며, 많고 적은 것이 서로 의지하지 못하게 하고, 귀貴와 천賤이 서로 구원하지 못하게 하며, 상上과 하下가 서로 돕지 못하게 한다. 또 군졸들이 흩어져서 집합하지 못하게 하고, 병사들이 모이되 다스려지지 못하게 하였다. 이로운 것이 있으면 움직이고 그렇지 않으면 멈추었다.

누가 감히 '적의 병사들이 대열을 정돈하고 장차 공격해 오면 그들을 어떻게 대처할 것인가.'라고 물으면 말하겠다. '먼저 상대방이 아끼는 것을 빼앗으면 효과가 있다. 군대의 정情은 신속한 것을 위주로 한다. 적군이 미치지 못함을 틈타서 생각지 않는 길을 따라 그 경계하지 않는 곳을 공격하는 것이다.'

무릇 적지에 들어간 군대의 병법은, 깊이 들어가면 싸움에 전력하여 주인이 이기지 못한다. 풍요한 들에서 약탈하면 삼군의 식량이 넉넉해진다. 병사들을 잘 먹이고 수고롭게 하지 않으면 사기를 높이고 더불어 체력을 축적한다. 병사들을 움직일 때는 계략을 써서 병사들이 헤아리지 못하게 하여 그들이 갈 곳이 없는 곳으로 몰아넣어, 죽더라도 도망갈 수 없도록 만든다면 어찌 병사들이 힘을 다하여 싸우지 않겠는가.

병사들은 위험한 곳에 깊이 빠지면 두려워하지 않고, 갈 곳이 없으면 견고해지고, 들어감이 깊으면 구속되고, 부득이할 경우는 싸우게 된다. 이런 까닭으로 그 병사들은 닦지 않아도 경계하고, 구하지 않아도 얻으며, 단속하지 않아도 친하고, 명령하지 않아도 믿게 된다. 길흉(吉凶)의 점치는 일을 금지하고 의혹스러운 말을 퍼뜨리지 못하게 하면 죽음에 이르러도 갈 곳이 없게 되는 것이다.

아군이 여유로운 재물이 없는 것은 재물을 싫어해서가 아니요, 여유로운 목숨이 없는 것은 오래 사는 것을 싫어해서가 아니다. 전투 명령이 내려진 날에 사졸들은,

앉은 자는 눈물이 옷깃을 적시고 누워 있는 자는 눈물이 턱에서 엇갈리는데, 그들을 갈 곳이 없는 데로 몰아넣으면 전저專諸나 조귀처럼 용맹해지게 된다.

솔연(상상도)

그러므로 용병用兵을 잘하는 사람은 비유컨대 솔연率然과 같다. 솔연이라는 것은 상산常山의 뱀이다. 그 머리를 치면 꼬리가 덤비고, 꼬리를 치면 머리가 덤비며, 가운데를 치면 머리와 꼬리가 함께 덤빈다. 감히 묻기를 '군사도 솔연과 같이 부릴 수 있는가.' 하면 말하겠다. '그렇게 할 수 있다. 무릇 오나라 사람과 월나라 사람은 서로 미워하지만 같은 배를 타고 물을 건너다가 바람을 만나는 일을 당하면 서로 구원하는 것이 왼손과 오른손처럼 서로 돕는다.'

이런 까닭에 말들을 네모지게 늘어놓고 수레바퀴를 땅에 묻더라도 족히 믿을 수가 없다. 군사들의 용맹을 가지런히 하여 하나같이 하는 것은 군대를 다스리는 방법이다. 강하게 하고 부드럽게 하는 것을 다 얻은 것은 지형의 이치에 맞춘 것이다. 그러므로 군사를 잘 다루는 사람은 손을 이끌되 한 사람을 부리는 것과 같이 하나니 이것은 그렇게 하지 않을 수 없어서이다.

장군이 해야 할 일은 고요함으로써 그윽하게 하고 올바름으로써 다스리는 것이다. 능히 사졸들의 귀와 눈을 어리석게 만들어 그들로 하여금 알지 못하게 해야 한다. 일을 바꾸고 그 계략을 고치되 그들로 하여금 알지 못하게 하며, 주둔지를 변경하고 행군하는 길을 우회하여 아군이나 적군이 모두 알지 못하게 해야 한다.

장수가 병사들과 더불어 기약함에는 높은 곳에 올라가게 하고서 그 사다리를 치우는 것과 같이 해야 한다. 장수가 병사들과 더불어 제후의 땅에 깊숙이 들어가면 그 쇠뇌를 쏘아 배를 불사르고 파손시키며, 양떼를 몰고 가고 몰고 오는 듯이 하되 병사들은 가는 곳을 알지 못하게 한다. 삼군의 병사들을 모아서 위험한 데로 몰아넣는 것이니, 이를 장군의 일이라고 이른다. 아홉 가지 지형의 변화와 굽히고 펴는 이로움과 병사들의 감정의 이치를 살피지 않으면 안 되는 것이다. 무릇 적의 나라를 침략한 군대는 깊숙이 침투하면 전투에 매진하고, 얕게 들어가면 흩어지기 마련이다.

나라를 떠나 타국에 들어가서 주둔하는 곳은 절지絕地이다.

사방으로 통하는 교통의 요지는 구지衢地이다.

적지에 깊숙이 들어간 곳은 중지重地이다.

적지에 들어감이 얕은 것은 경지輕地이다.

배후에 견고한 지형을 등지고 앞이 좁은 곳은 위지圍地이다.

사방으로 갈 데가 없는 곳은 사지死地이다.

이런 까닭으로

산지散地에서는 병사들의 뜻을 하나로 모으고,

경지輕地에서는 병사들로 하여금 모이게 만들고,

쟁지爭地에서는 적의 뒤를 추격하고,

교지交地에서는 수비를 신중하게 하고,

구지衢地에서는 결속을 다진다.

중지重地에서는 식량이 끊어지지 않게 하고,
비지坦地에서는 속히 길을 지나가게 하고,
위지圍地에서는 허술한 곳을 막을 것이고,
사지死地에서는 필사의 각오로 싸우는 것을 보여주어
야 한다.

병사들의 심정은 포위되면 힘을 다해 저항하고, 절박
한 상황에 처하면 필사적으로 싸우고 극도의 위기상황
에서 노출되면 지휘자의 명령에 절대 복종하게 된다.
이런 까닭으로 이웃 제후의 계략을 알지 못하는 사람
은 미리 교제하여 대비할 수가 없고, 산림과 험난한 곳
에 습지대의 지형을 알지 못하는 사람은 군대를 행진시
킬 수가 없으며, 그 지방의 길 안내인을 쓰지 않는 사람
은 지형의 이로움을 얻지 못할 것이다. 아홉 가지 지형
중에서 그 어느 것 한 가지라도 알지 못하면 이것은 패
왕覇王의 군사가 아닌 것이다.
무릇 패왕의 군대가 큰 나라를 정벌하면 그 군사들이
모이지 못하고, 위력을 과시하면 적국이 다른 나라와
동맹을 맺지 못한다. 이런 까닭으로 천하의 사귐을 다

투지 않고, 천하의 권세를 기르지 않으며, 자기의 사사
로운 힘을 펴서 위세를 적에게 가하는 것이다. 그래서
상대방의 성을 빼앗을 수 있고, 그 나라를 무너뜨릴 수
있는 것이다.

　법에 없는 상을 베풀고 정사에 없는 명령을 내리면,
삼군의 병사들을 움직임이 한 사람을 부리는 것과 같다.
병사들을 움직이기를 행동으로써 하고 말로써 고하지
말아야 하며, 병사들을 움직이는데 이利로써 하고 해害
로써 고하지 말아야 한다.

　병사들은 멸망하는 땅에 던져진 연후라야 존재하고,
사지에 처한 후에야 겨우 살아남을 수 있는 법이다. 무
릇 병사들은 절박한 상황에서 필사적으로 싸울 수 있는
것이다. 그러므로 전쟁을 행하는 일은 적의 뜻을 따르
면서 자세히 살피는 데에 있다. 적을 한 방향으로 몰아
넣으면 천 리 밖의 장수도 죽일 수 있다. 이것이 교묘하
게 일을 성취할 수 있다고 하는 것이다.

　따라서 전쟁을 일으키는 날에는 국경의 관문關門을
막고 부符를 꺾어버리고 적의 사신을 통과시키지 않아
야 하며, 조정에서는 격려하여 전쟁의 책임자를 임명한

다. 한편 적이 관문을 열고 닫으면 반드시 빨리 들어가서 그들이 가장 소중하게 여기는 것을 먼저 살펴 은밀하게 더불어 기약하고, 계획을 밟아 적의 정세에 따라 그것으로써 싸울 일을 결정한다. 또한 처음에는 처녀와 같이 약한 척하다가 전투가 개시되면 토끼와 같이 신속하게 움직여서 적이 미처 대항하지 못하게 만든다.

한자 및 어휘 풀이

전저專諸 : 전국시대 오나라의 자객. 오나라 왕자 합려의 명을 받고 오왕 요僚를 암살했다.

조귀曹劌 : 춘추시대 노나라의 장수. 노나라가 장작長勺의 전투에서 패배하여 제나라에 영토를 떼어 주기로 한 조약을 맺는 자리에서, 제나라 환공桓公에게 단도로 위협하여 영토를 되찾게 만든 용장.

상산常山 : 중국 오악 중의 하나인 항산恒山의 다른 이름.

솔연奉然 : 상산에 산다는 전설적인 뱀.

패왕覇王 : 제후의 우두머리. 패권覇權을 잡아 패도覇道로 천하를 다스리는 임금.

부符 : 부신符信으로 오늘날의 통행증명서를 뜻함.

﷽ 본문 요약

'장군이 해야 할 일은 고요함으로써 그윽하게 하고 올바름으로써 다스리는 것이다. 능히 사졸들의 귀와 눈을 어리석게 하여 그들로 하여금 알지 못하게 하고, 그 일을 바꾸고 그 계략을 고치되 그들로 하여금 알지 못하게 하며, 그 진영을 옮기고 그 길을 돌아서 가되 그들로 하여금 생각하지 못하게 해야 한다.'

군사상 작전 계획과 행동 및 일체의 시행할 일을 계획함에 있어 모두 비밀을 유지해야 한다. 적이 알지 못해야 효과를 거둘 수 있기 때문이다.

이것이 바로 본편에서 비밀 원칙을 게시하는 것이다. 본편은 <행군>과 <지형>편의 보충이라 할 수 있고 반복적으로 아홉 가지 지세에서 대처하는 방법을 제시하고 있다. 그 중심 사상은 사람과 풍토가 합일된 조건에서 어떻게 적에게 승리할 수 있는 것인지에 대해서 논한 것이다.

실전 고사 엿보기

용병을 잘하는 사람은 비유컨대 솔연과 같다

손자는 상산에 사는 '솔연'이라는 뱀에서 착안하여 진법을 만들었는데, 이를 '상산사진常山蛇陣'이라고 한다. 이를 세속에서는 '일자장사진一字長蛇陣'이라고도 부른다. 일자장사진은 즉, '일一'자 모양으로 좌우로 길게 뻗쳐서 만든 진陣으로 마치 '솔연'처럼 그 머리 부

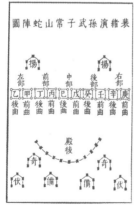

배서연손무자상산사진도
(裴緖演孫武子常山蛇陣圖)

배서연손무자상산사수미상구진도
(裴緖演孫武子常山蛇首尾相救陣圖)

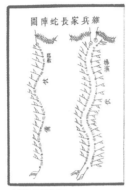

잡병가장사진도(雜兵家長蛇陣圖)

분을 치면 꼬리 부분이 덤비고, 꼬리를 치면 머리가 덤비고, 가운데를 치면 머리와 꼬리가 함께 덤비는 형태를 갖춘 군진으로 병가에서는 고전이 되었다.

명나라 가정연간嘉靖年間(1522~1566)에 중국 동남 연안에 왜적의 침입이 잦았다. 침입한 왜적은 손자의 일자장사진의 진법을 구사하길 좋아했다. 때문에 왜적을 방어했던 명나라의 장수인 척계광戚繼光은 일자장사진에 맞설 수 있는 '원앙진鴛鴦陣'을 만들었다. 이 원앙진은 진의 정면에 방패를 든 군사 2명을 앞세우고서 군사 10명이 2열종대로 대오를 이룬 진형을 취하고 있어 마치 짝을 찾아 사는 새인 원앙과 그 모습이 비슷하다고 하여 붙여진 이름이다.

척계광은 왜구의 장기인 큰 칼을 이용한 근접전에 대응하기 위해 새로운 근접전 무기인 낭선·당파·장창·등패 등을 채택하였는데, 이 무기를 장비한 12명으로 이루어진 최소부대 단위인 대隊를 편성하였다. 1대에는 지휘자인 대장 1명과 등패와 표창을 가진 등패수 2명, 낭선을 가진 낭선수 2명, 장창을 든 장창수 4명, 당파와 화전火箭으로 무장한 당파수 2명, 그리고 취사 등 잡일

척계광

을 담당하는 화병火兵 1명이 편성되어 있었다. 전투 시에는 2대의 군사 중에서 화병은 빠지고 대장을 선두로 하여 등패수·낭선수·장창수·당파수의 순으로 서서 적군을 향해 나아가 낭선·장창·당파 등을 이용하여 전투를 벌였다. 원앙진은 변화가 많고 기동성이 엄밀하여 왜적에 대항하는 큰 작용을 했다.

  그러나 척계광의 원앙진보다 위력적인 것은 이순신 장군의 학익진鶴翼陣으로 이를 언급하지 않을 수 없다. 학익진은 육지전에서는 대형을 횡렬로 형성하는 일자진의 형태였다. 그러나 이순신 장군이 단순한 학익진을

초승달 형태의 어린학익진魚鱗鶴翼陣으로 변화시켜 왜
적을 무찔렀다. 어린학익진은 물고기의 비늘이 벌려진
것 같은 대형과 학이 날개를 편 모양과 같은 진형을 말
한다. 특히 한산도대첩에 어린학익진과 팔진기문법八陣
奇門法 등을 활용하여 왜선 59척과 왜병 9천 명을 물속
에 수장시키는 대승을 거두었다.

　팔진기문법이란 적군의 위세를 손상하고 아군의 형
세를 증강하는 것을 위주로 하는 진법이다. 여기서 팔
진이란 홍범洪範의 팔방八方을 바다에서 적용한 형상이
며, 그 가운데 삼방三方에 복병을 두었다가 적군에게 허
점이 보이면 즉각 질풍같이 공격하는 방진方陣이다. 방
진은 두 개의 네모로 이루어졌는데, 안쪽 네모 진은 지
휘함을 보호하는 것이고, 바깥 진은 실제 전투에서 제
역할을 다하는 임무를 띤다. 이 방진은 직진直陣이라고
도 한다.

　이러한 이순신 장군의 진법은 손자의 솔연에서 유래
된 장사진과 전통 진법을 제대로 이해하고, 이를 바탕
으로 새로운 진법을 응용하여 가능하게 된 것이다. 이
순신 장군의 한산도대첩은 세계 4대 해전의 하나로 살

라미스 해전, 칼레 해전, 트라팔가르 해전 등과 함께 역
사에 길이 남았다. 또 학익진이 남긴 영향은 매우 심대
하여 1905년 러일전쟁에서 승리한 도고 제독의 정丁자
진법과 프랑스 해군을 섬멸시킨 넬슨 제독의 트라팔가
르 해전, 현대의 영국과 미군의 해군에서 활용하는 티T
자 전법에도 활용되고 있는 실정이다.

삼군의 병사들을 모아서 위험한 데로
몰아넣는 것이니, 이것은 장군의 일이다

북위北魏 말기, 이주씨爾朱氏는 조정을 장악하고 매사
도리에 순종하지 않고 일을 행하며 상도常道를 벗어나
서 일을 억지로 하였다. 그래서 위나라의 도독都督인 고
환高歡이 병사를 일으켜서 이주씨를 공격하게 되었다.

서기 532년, 이주조爾朱兆와 이주천광爾朱天光 등이
병사 20만을 이끌고 고환을 정벌하러 나섰는데, 양군은
업성鄴城(지금의 하북성 장서 남쪽 삼태촌) 부근에서 결전
을 하였다. 당시 고환의 수하에는 단지 3만 명의 병사를
거느리고 있었는데, 이주조 등의 부대가 한릉산韓陵山

(업성의 서남쪽 부근)에서 포위하여 공격하였다. 이주조의 부대는 고환 병사들의 투지를 와해시킬 생각으로 일부러 도망갈 한쪽을 터놓았다. 고환이 적의 음모를 간파한 후에 병사들에게 명하여 소와 나귀 등 목축하는 짐승을 연결시켜서 그 입구를 막아놓았다. 이에 사병들이 퇴로가 없는 것을 보고 죽기 살기로 싸워 사면으로 출격하니 이주씨의 군대가 크게 패하게 되었다.

길흉吉凶의 점치는 일을 금지하고
의혹스러운 말을 퍼뜨리지 못하게 한다

삼국시대에 김유신과 소정방이 이끄는 나당 연합군이 백제 계백장군의 5천 결사대를 무너뜨리고 사비성으로 진격할 때였다. 갑자기 어떤 새 한 마리가 소정방의 진영陣營 위에서 맴돌았다. 이에 소정방은 점쟁이로 하여금 길흉을 점치라고 명하니, 점쟁이가 이렇게 말했다. '반드시 소정방 장군이 상하게 될 징조입니다.'

이에 소정방이 두려워하여 군사를 물리고 싸움을 중지하려 하므로 김유신이 소정방에게 이르기를, '어찌

나는 새 한 마리를 가지고 천시天時를 어긴단 말이오. 하늘에 응하고 민심에 순종해서 지극히 어질지 못한 자를 치는데 어찌 상서롭지 못한 일이 있겠소!' 하고 신검神劍을 뽑아 그 새를 향해 던져 맞추어서 그들 앞에 떨어지게 만들었다. 이를 보고 소정방은 내심 부끄러워 백마강 왼쪽 언덕으로 나와서 산을 등지고 진을 쳐 결사적으로 싸우니 백제군이 크게 패하고 말았다.

병사들은 멸망하는 땅에 던져진 연후라야 존재하고, 사지에 처한 후에야 겨우 살아남는다

서기전 208년, 진秦나라는 조趙나라의 도성인 거록巨鹿을 포위 공격하니, 함락되기 일보직전이었다. 조왕은 대장 진여陳餘로 하여금 결사항전을 명하고 한편으로 제齊·연燕·대代·초나라 등에 구원을 요청하였다. 당시 진나라의 위세가 대단하여 진여는 감히 출전하지도 못하고 성벽만 지키고 있었다. 제·연·대나라의 연합군도 거록 부근까지 지원나왔지만 모두 성급하게 나서지 않고 수수방관하고 있었다. 단지 초나라의 항우가

병사를 이끌고 경포와 포장군에게 군사 2만 명을 거느
리고 장하漳河를 건너서 거록을 구원하게 하였으나 전
세는 호전되지 못했다. 그 사이에 진여는 여러 차례 항
우에게 원군을 요청해 왔다. 마침내 항우는 전 병력을
모두 이끌고 장하를 건넜다. 강을 건넌 즉시에 그는 타
고 온 배들을 모조리 물속에 가라앉히고, 병사들의 밥
짓는 가마솥을 부수고[파부침주破釜沈舟] 병사의 장막을
불태워버렸다. 그리고 식량도 개인당 사흘 분만 지니게
했다. 이렇게 사병들에게 돌아갈 마음을 먹지 말고 필
사의 각오로 싸우라는 의지를 보인 것이다.

거록에 도달한 초나라 군사는 왕리가 이끄는 진나라
군사를 포위하는 한편 장한의 군사와도 아홉 차례나 공
방전을 벌였다. 그리하여 마침내 방벽으로 둘러싸인 수
송로인 용도를 끊고 진나라 군에게 결정적인 타격을 가
했다. 이 전투에서 진나라 장수 소각蘇角이 전사하고 왕
리는 사로잡혔으며, 섭간은 초나라 군사에게 항복하지
않고 스스로 불 속에 뛰어들어 죽었다. 이 승전으로 말
미암아 초나라는 제후국 중에서도 으뜸의 자리를 차지
하게 되었다.

당시 거록을 구하고자 달려왔던 제후들의 군사는 수십 개소의 성채를 쌓고 감히 싸우지 못하고 항우가 진나라 군사를 쳐부술 때까지 성채 위에 올라가서 모두 팔짱을 끼고 구경만 하였다. 이에 항우는 진나라 군사를 격파한 다음 제후들의 장수를 소집하니, 모두 부끄러워서 무릎걸음으로 들어와서 아무도 고개를 들고 항우를 쳐다보지도 못했다. 이때부터 항우는 상장군으로서 제후들을 장악하고 종속시킬 수가 있었다.

전쟁을 행하는 일은 적의 뜻을 따르면서
자세히 살피는 데에 있다
적을 한 방향으로 몰아넣으면
천 리 밖의 장수도 죽일 수 있다

서기 619년, 마읍馬邑(지금의 산서성 삭현 부근)에 근거지를 두었던 유무주劉武周가 돌궐과 연합하여 당군唐軍을 향하여 공격을 감행하였는데, 그의 부하장수인 송금강宋金剛이 태원太原 및 그 주위의 거대한 지역을 점령하였다. 태원은 당군이 기병했던 지방이고 후방의 주요한 기지였기 때문에 이연李淵은 이세민李世民에게 명령하여 태원을 탈취하게 하였다.

　이세민이 병사를 이끌고 백벽柏壁(지금의 산서성 신봉 서남 부근)에 도착하여 성을 지키면서 적과 응전하지 않았다. 그는 당시의 형세를 분석하니, 송금강이 군량이 부족하여 속전속결로 전쟁을 치를 것이라고 판단하여 그의 부대가 군량이 떨어질 때만 기다렸다. 과연 서기 620년 4월에 송금강의 군량이 바닥이 나서 북쪽으로 철군하게 되었다.

　이때를 기다린 당군은 이세민이 친히 군대를 이끌고 일거에 추격하여 하루 밤낮 동안 2백여 리를 행군했다. 그리하여 수십 차례 공격을 하여

당태종 이세민

승리하고 고벽령高壁嶺까지 따라갔다. 이때에 이세민의 참모인 유홍기劉弘基가 병사들이 너무 피곤하니 잠시 쉬었다가 추격할 것을 건의했다. 이세민은 '제때에 공격하지 않으면 성공하기 어렵고 패하기는 쉽다. 또 기회는 만들기 어렵고 잃어버리기는 쉬운 법이다. 따라서 아군이 조금이라도 힘이 남아 있을 때에 끝까지 추격하면 송금강의 군대는 매우 당황할 것이고 또한 쉴 수 있는 기회를 주지 않아서 일거에 섬멸시킬 수 있다.' 라고 말하고 계속하여 추격을 명하였다.

그리하여 마침내 송금강의 주력부대를 따라가서 여덟 번 싸워서 모두 승리를 거두고 수만 명의 포로를 잡았다. 그리고 태원을 수복하니 유무주와 송금강은 황급히 돌궐로 도망가 버렸다. 이 전투에서 이세민은 적을 잘 헤아리고 또 몸소 병사를 이끌고 추격하는 이틀 동안에, 거의 식사를 하지 않았고 사흘 동안 갑옷을 벗지 않아서 결국에는 적의 전투 의지를 철저하게 괴멸시키고 휘황찬란한 승리를 거두게 되었다.

적이 가장 소중하게 여기는 것을 먼저 살펴
은밀하게 더불어 기약하고, 계획을 밟아
적의 정세에 따라 그것으로써 싸울 일을 결정한다

오자서

춘추시대 말기, 오나라 왕 합려는 오자서와 손무 등을 중용하여 초나라를 멸망시키려고 만반의 준비를 하고 있었다. 손무가 초나라를 멸망시키기 위해서는 먼저 대별산大別山의 동쪽인 강회江淮 사이에 있는 예장豫章(지금의 강서성 남창시) 지구를 탈취해야 한다고 주장했다. 당시 이 일대는 동桐나라라는 작은 제후국이 있었다. 손무는 평소 동나라가 초나라에 대해 불만을 가진 것을 이용하여 그들에게 초나라를 배반하여 오나라로 투항할 것을 권유했다. 그런 다음 손무는 초나라에 사람을 파견하여 이렇게 말했다.

'오나라는 초나라를 겁내고 있다. 만일 초나라가 오나라를 공격한다면 오나라는 단지 동나라를 공격하여 초나라의 비위를 맞출 뿐이다.'

초나라의 영윤이었던 낭와囊瓦가 이 소문을 듣고는 진실로 믿었다. 그리하여 군대를 이끌고 오나라를 공격했다. 손무는 초나라가 계략에 걸려든 것을 알고 일부분의 군대를 동나라로 보내서 거짓으로 공격하는 척하여 초나라를 감쪽같이 속였다. 그리고 암중으로 오나라의 주력부대를 예장 부근으로 파견하여 기회를 기다리고 있었다.

초나라는 오나라 군대가 동나라로 진군한 것으로 판단했으나 몇 개월을 기다려도 오나라 군대가 동나라로 진격했다는 소식을 얻지 못했다. 이때 초나라 병사들은 투지가 떨어지기 시작하여 사기가 바닥을 쳤다. 손무는 이러한 정황을 얻은 후에 갑자기 오나라 주력군으로 하여금 초나라 군영을 포위하여 맹렬하게 공격하게 하였다. 갑자기 습격을 당한 초나라 군대는 당황하여 도망가서 도처에 숨어버렸다. 이후 오나라 군대는 일거에 초나라를 추격하여 거소를 함락시킨 다음에 돌아왔다.

사졸들의 귀와 눈을 어리석게 하여 그들로 하여금
알지 못하게 하고, 그 일을 바꾸고 그 계략을 고치되
그들로 하여금 알지 못하게 하며,
그 진영을 옮기고 그 길을 돌아서 가되
그들로 하여금 생각하지 못하게 해야 한다
영웅의 속마음을 읽으면 죽는다

조조가 한여름에 손님을 초대하여 잔치를 베풀다가 술에 얼큰하게 취하자 시첩(侍妾)을 불러 참외를 들여오라고 하였다. 한 시첩은 참외를 쟁반에 가지런히 담아 올리면서 '참외가 무척 잘 익었습니다.' 하고, 또 한 시첩은 몸가짐을 다소곳이 가다듬고 참외를 받들면서 '설익지 않았습니다.' 하였는데 조조가 크게 화를 내면서 그들의 목을 베었다.

다시 시첩을 불러 참외를 들여오게 하자, 시첩들이 감히 나서지를 못하고 모두 난향(蘭香)이라는 시첩에게 미루었다. 그러자 난향은 이내 두 손으로 쟁반을 눈썹 높이로 받들고 들어갔다. 조조가 참외 맛을 묻자 입을 오므리고 대답하였다. '매우 답니다.' 조조는 또 즉시

목을 베었다. 손님들이 모두 질려서 까닭을 묻자, 조조가 다음과 같이 대답하였다.

'앞서의 두 시첩은 나를 섬긴 지 오래되었는데, 참외를 올릴 때에 반드시 눈썹 높이로 해야 하는지를 어찌 몰랐겠는가. 게다가 모두 입을 벌리고 대답하였으므로 그 어리석음을 벌하여 목을 벤 것이다. 난향은 나를 섬긴 지 오래되지 않았으나 손을 높이 들어 쟁반을 받들고 입을 오므리고 대답하였으니 어쩌면 그리도 내 마음을 잘 알았는가. 그래서 목을 베어 그로 인한 화근을 끊은 것이다.'

황소黃巢의 난 때 공을 세워 오월국왕吳越國王에 봉해졌던 전류錢鏐가 낮잠을 자고 있을 때, 시종이 곁에서 약을 달이다가 약탕기에 찬물을 부어 끓는 소리를 멎게 하였는데, 이는 그 소리가 낮잠을 깨울까 염려해서였다. 전류가 잠에서 깨어나 그 일을 알고 성을 내면서, '이 아이가 남의 마음을 안다.' 하고는 마침내 죽였다.

이처럼 장수는 남이 자신의 마음을 엿보는 것을 두려워했다. 사람들이 이러한 점을 모르는 것은 아니지만

늘 그 화를 당하는 것은 욕심에 가려서이다. 장자莊子가
아주 재주가 있거나 전혀 재주가 없는 그 중간쯤에 처
하고자 한 것은 바로 세 시첩들의 거울이 된다. 그렇지
만 지혜로우면서도 화를 입는 자가 어리석은 자의 경우
보다 많으니 더욱 두렵다.

제12편 화공편 火攻篇
- 불의 공격

　본편은 실질적으로 불로써 적을 공격하여 승리를 쟁취하는 작전 방식 및 그에 대한 주의사항을 논술한 것이다.

화공편火攻篇

🏵 본문 번역

손자가 말하였다.

'무릇 화공火攻에는 다섯 가지가 있다.

첫째, 적의 군사를 불태우는 것이요,
둘째, 군량이나 군수품을 불태우는 것이요,
셋째, 수송차를 불태우는 것이요,
넷째, 비축 창고를 불태우는 것이요,
다섯째, 부대를 불태우는 것이다.

화공을 행하는 데에는 적당한 조건이 갖추어져야 하며, 불을 피우는 기구는 반드시 평소에 미리 준비되어 있어야 한다. 또 화공을 하는 데는 적절한 때와 날이 있다. 때라는 것은 날씨의 건조함이고, 날이라는 것은 달이 28수宿 중에 기箕·벽壁·익翼·진軫 별[星]의 위치에 있는 때이다. 무릇 이 사수四宿는 바람이 일어나는 날이다.

화공火攻에는 반드시 다음과 같은 다섯 가지 불의 변화에 따라 대응해야 한다.

화공火攻

불이 적의 진영 안에서 일어나면 즉각 밖에서 이에 호응하여 공격해야 한다.

불이 났는데도 적진의 군사들이 조용하면 관망하면서 공격할 시기를 두고 본다.

사방·십이지지·이십팔수도

불의 힘이 극성에 달했을 때는 공격하고, 공격할 수 없으면 그만두는 것이다.

불을 외부에서 지를 수 있으면 안에서 불이 붙기를

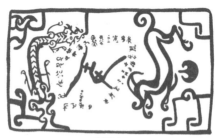

이십팔수도

기다리지 말고, 적당한 때에 불을 지른다.

불이 바람 부는 위쪽에서 일어났으면 바람 아래쪽에서 공격하지 않는다. 대낮에 바람이 오래도록 불면 밤에는 바람이 그친다.

이 다섯 가지 불의 변화가 있음을 알고, 술책으로써 그것을 적절하게 사용하고 또 적의 공격에 대비해야 한다. 불과 물이 공격을 돕는 것은 분명하고도 강력하다. 단지 물은 그것으로써 끊을 수는 있으나 그것으로써 빼앗을 수는 없는 것이다.

무릇 싸워서 이기고 공격하여 취하고서도 그 공을 닦지 않는 자는 흉凶한 것이니, 이를 비류費留라고 부른다. 따라서 '현명한 군주는 이것을 생각하고 훌륭한 장수는 이것을 닦는다.'고 말한다. 이로움이 아니면 움직이지 않고, 얻는 것이 아니면 군대를 쓰지 않으며, 위태롭지 않으면 싸우지 않는다.

군주는 일시적인 노여움으로 인해서 군사를 일으켜서는 안 되고 장수는 성냄으로써 전투를 벌여서는 안 된다. 이로움에 맞으면 움직이고 그렇지 않으면 그만두는 것이다. 노여움은 다시 기쁨이 될 수 있고 성냄은 다시 즐거움이 될 수 있지만, 멸망한 나라는 다시 존재할 수 없고 죽은 자는 다시 살아날 수 없는 것이다. 그러므로 현명한 군주는 그것을 삼가고 훌륭한 장수는 그것을 경계하는 것이니, 이것이 나라를 안전하게 하고 군대를 온전하게 지키는 길이다.

한자 및 어휘 풀이

화공火攻 : 불로 공격함.
사수四宿 : 기箕 · 벽壁 · 익翼 · 진軫의 네 별.
비류費留 : 나라의 재물을 쓸데없이 낭비하고 병사들을
　　　　　돌아오지 못하게 하여 싸움터에 남겨두다.

본문 요약

　화기가 나오기 전에 인간의 체력으로 사용하는 창칼 따위의 무기를 사용하던 시대의 화공과 수공은 강대한 위력을 지닌 작전 형식이었다. 때문에 손자는 속전속결을 주창하고 수단을 가리지 않고 물과 불을 운용하여 공격을 돕도록 했다. '불이 공격을 돕는 것은 분명하고 물로써 공격을 돕는 것은 강력하다.'

　손자는 본편에서 공격을 돕는 원리로 다섯 가지의 화공법과 천시 풍향의 이용법과 더불어 수공을 언급하면서, 수공과 화공의 잔혹성에 대하여 불안감을 느끼고 최후에는 장수가 신중하게 전투에 임하고 경거망동하지 말라고 당부했다.

실전 고사 엿보기

불과 물이 공격을 돕는 것은 분명하고도 강력하다

　화공으로 적을 공격하여 물리친 고사는 대단히 많다. 그 대표적인 사례를 몇 가지 소개하겠다. 서기전 279년,

연燕나라의 소왕昭王은 악의를 상장군으로 삼고, 연·진·초·한·조·위 등을 연합하여 제나라를 공격하도록 하였다. 육국의 연합군은 파죽지세로 제나라로 진격하여 70여 성을 함락시키고, 일거에 제나라 도성인 임치臨淄로 진격하는 대승을 거두었다.

연합군이 물러나서도 연나라는 남아서 제나라에서 함락하지 못한 거莒와 즉묵卽墨 두 성을 물샐 틈이 없이 포위하여 공격하였다. 그러나 거와 즉묵은 완강하게 저항하여 포위한지 3년이 되었는데도 끝내 함락시키지 못했다. 그 와중에 연나라 소왕이 죽고 혜왕惠王이 즉위하니, 혜왕은 태자로 있을 때부터 악의를 못마땅하게 여겼다.

당시 즉묵을 지키던 장수는 전단田單으로 지모가 많았는데, 연혜왕과 악의 사이가 좋지 않다는 정보를 입수하자마자 적의 첩자를 역으로 이용하여 소문을 내서 말하기를 '악의가 연나라의 혜왕이 등극하자 죽임을 당할까 두려워 돌아가지 않고 제나라를 정벌하는 것을 명분으로 삼으니, 제나라 사람들은 행여 다른 장수가 오면 즉묵이 함락될 것을 두려워한다.' 라고 하였다. 이 소식을 들은 연혜왕은 평소 악의를 의심하고 있었기 때문에 기겁騎劫으로 하여금 악의를 대신하도록 하였다.

이에 악의는 조나라로 도망가니, 연나라 병사들은 이로 말미암아 불화하게 되었다.

전단은 몸소 판자와 삽을 잡고 병사들과 일을 함께 하고, 자신의 처첩들도 사병들에게 음식을 나누어주는 허드렛일을 하도록 하였다. 또 갑옷 입은 병사들을 매복시키고 노약자와 여자들로 하여금 성에 올라 항복할 것을 연나라 기겁 장군에게 약속하니, 연나라 군사들이 갈수록 해이해졌다.

전단은 성 안에서 소 1천여 마리를 모아 붉은 비단 옷을 만들어, 거기에 오색으로 용무늬를 그려 소에게 입혔다. 또한 칼날을 쇠뿔에 붙들어 맨 다음, 갈대를 쇠꼬리에 매달아 기름을 붓고 갈대 끝에 불을 붙였다. 그리고는 성벽에 수십 개의 구멍을 뚫어 밤을 틈타 구멍으로 소를 내보내고, 장사 5천 명이 소 뒤를 따르게 하였다. 소는 꼬리가 뜨거워지자 성이 나서 연나라 군중으로 뛰어 들어갔고, 연나라 군사는 한밤중에 크게 놀랐다. 쇠꼬리에 붙은 불은 눈부실 정도로 빛이 났는데, 연나라 군사가 자세히 보니 모두 용의 모습을 하고 있었고, 그것에 부딪치기만 하면 모두 죽거나 부상당하였다.

게다가 장사 5천 명이 일제히 돌격하였고, 성 안에서는 북을 두드리며 함성을 올렸고, 노약자들도 모두 구리 그릇을 두들기며 성원하였는데 그 소리가 천지를 뒤엎는 것 같았다.

연나라 군사들은 크게 놀라 패해서 달아났고, 제나라 사람들은 마침내 연나라 장군 기겁을 죽여버렸다. 연나라 군사는 허둥지둥 정신없이 계속 달아났다. 제나라 사람들은 도망가는 적을 추격하였는데, 그들이 지나며 들른 성과 고을은 모두 연나라를 배반하고 전단에게로 귀순하였다. 제나라는 날마다 병사가 불어나며 승기를 탔지만 연나라는 하루하루 패하여 도망만 가다가 결국 제나라의 북부 변경인 황하의 강변까지 닿았다. 이리하여 연나라의 70여 개 성은 모두 제나라 것이 되었다. 이에 제나라 양왕襄王을 거에서 임치로 맞아들여 정사를 처리하게 하였다. 양왕은 전단을 안평군安平君에 봉하였다.

중국 삼국시대, 조조는 군대와 병선을 동원하여 오나라를 침공했다. 그러나 수상생활水上生活에 익숙하지 못한 병사들은 역병에 시달렸다. 이를 본 오나라는 장군의 한 사람인 황개黃蓋로 하여금 군율軍律을 어겼다

는 죄로 매질한 후 감옥에 가두었다가 밤중에 도망치게
해서 조조에게 항복하게 했다. 즉 고육계苦肉計를 썼던
것이다. 조조는 이런 계략도 모르고 황개를 반갑게 영
접하고 믿었다. 황개는 조조에게 '배를 서로 연결하면
흔들림이 줄어서 병사들이 회복될 것이다.'라고 말했
다. 조조는 기뻐하며 쇠사슬로 배들을 서로 묶었다. 그
렇게 기동성을 없앤 후에 오나라 군대는 화공火攻으로
조조의 배들을 모조리 태워버렸다.

송나라 휘종徽宗 정화연간政和年間(1111∼1117)에 남
안주南晏州 지방의 소수민족 수령인 복루卜漏가 그 지역
의 여러 이민족을 규합하여 나라 조정에 반기를 들었다.
그들은 윤돈산輪囤山에 높이 수백 척에 달하는 곳을 점
거하고 돌을 잘라서 견고한 산성을 만들고 그 주위에 목
책木柵을 세워 철두철미하게 방비하였다. 또 산상 위로
통하는 도로는 모두 파서 함정을 만들어놓았고, 좁고 험
한 요충지마다 병사를 배치하여 결사항전하도록 만들었
다. 때문에 관군이 쉽게 산속으로 들어갈 수가 없었다.
당시에 재주전운사梓州轉運使였던 조휼趙遹은 복루를

토벌하는 임무를 맡고 윤돈산 주위의 사면을 살피다가 산성의 한쪽이 천애의 절벽으로 이루어져 방비하고 있지 않음을 발견하게 되었다. 그는 또 산속에 원숭이가 많이 사는 것을 보고, 즉시 병사를 보내 수천 마리를 잡아오게 하였다. 그리고 삼베에 기름을 적셔서 횃불로 삼고자 했는데, 기름칠을 한 삼베를 원숭이 등에도 매달아놓았다. 또 조훌은 일부 군사들로 하여금 산성의 전방으로 배치하여 밤낮으로 농성을 하여 적들의 주위를 끌게 만들었다.

한편 일부 병사들을 몰래 천애의 절벽이 있는 곳으로 이동시켜 구름다리를 놓아서 원숭이들로 하여금 산성 부근까지 오르게 만들고 원숭이 등에 매단 기름 삼베에 불을 붙였다. 삼베에 불이 붙자 원숭이들이 놀라서 산성 안팎으로 날뛰었고, 산성의 병사들은 원숭이를 잡으려고 동분서주하였다. 원숭이들은 병사들에게 안 잡히려고 성채의 지붕과 나무가 있는 곳으로 도망갔는데, 그곳이 모두 불에 붙어서 성채는 한 마디로 불바다가 되어버렸다.

이때 조훌은 산성의 전방에 배치했던 군사들을 모두

진격하게 만들고, 절벽 밑의 군사들도 산성으로 올라가 공격하게 하였다. 그러자 적들은 당황하여 제대로 반격하지도 못하고, 불에 타죽거나 절벽 밑으로 떨어져 죽은 자가 부지기수였다. 복루는 간신히 포위망을 뚫고 도망갔으나 결국 관병에게 생포되고 반란도 진압되었다.

무릇 싸워서 이기고 공격하여 취하고서도 그 공을 닦지 않는 자는 흉凶하다

1644년, 부패한 명나라의 조정은 이자성이 이끄는 농민 반란군에 의해서 힘없이 무너지고 수도 북경은 점령되고 말았다. 이에 명나라의 황제였던 의종도 자살하고 만다. 이자성은 처음에는 북경에 진입하여 수수하게 평민처럼 행동하고, 추호도 '백성들의 재물을 탐하지 않는다.'고 공언하여 북경의 백성을 안정시키고, 또 법령을 엄하게 지켜서 북경의 질서가 점차 회복되고 정상화되는 듯하였다. 그리하여 짧은 시간 안에 전국 지방정권의 반 이상이 그에게 귀순하게 되었다.

그러나 얼마 지나지 않아서 소인의 본색을 드러내고

산해관

말았다. 이자성은 물론이고 최측근 신하인 우금성牛金
星은 승리에 도취되어 연일 연회를 열고 향락에 빠졌으
며, 이자성과 의형제를 맺었던 유종민劉宗敏은 투항한
관리들에게 혹형을 가하여 재산을 빼앗았다. 더욱이 치
명적인 실수는 산해관山海關을 지키고 있던 무장 오삼
계의 집과 첩 진원원陳圓圓까지 빼앗아버린 것이었다.

본래 오삼계는 만주족인 청나라에게 조국을 내주는
것보다는 같은 민족에게 내주는 것이 낫다고 생각하여
이자성에게 투항할 생각이었다. 그러나 이자성의 반군
에게 아버지를 비롯하여 일가친척이 도륙을 당하고, 자

오삼계

신의 애첩까지 이자성의 부하에게 넘겨진 것을 알자 분하여 어쩔 줄 모르고 이성을 상실하고 말았다. 당시의 상황을 청나라 초기 시인 오위업 吳偉業이 '진원원'이란 시에서 오삼계의 심정을 일부 밝혀놓았는데 다음과 같다.

육군이 함께 흰 상복을 입고 통곡하니,
노기가 충천하여 붉은 얼굴이 되었네.[5]

결국 오삼계는 스스로 청나라의 도르곤에게 담판을 지어 산해관을 열어주는 대신 청나라 군사의 도움을 받아서 이자성의 반군을 토벌하였다. 이자성은 오삼계와 청나라 군대에게 대패하여 북경을 간신히 탈출하며 도망갔는데, 분기탱천한 오삼계는 끝까지 추격하여 이자성의 농민군을 말살시켜버렸다.

---

5) 慟哭六軍俱鎬素, 沖冠一怒爲紅顔.

제13편 용간편用間篇
- 간첩의 이용

　본편은 전쟁 중에 간첩의 중요성과 간첩의 종류, 사용 방식 등에 대해서 논술하였다.

본문 번역

　손자가 말하였다.

　'무릇 군사 10만을 모집하여 천 리 밖으로 나아가서 정벌전쟁을 일으키려면 백성들이 부담하는 비용과 나라에서 지출하는 군사비는 하루에만 천금千金을 소비하게 된다. 또 나라의 안팎이 분주하게 움직이고 도로에서 오고가고 하여 자기 일에 종사하지 못하는 자와 그 가구는 70만이나 된다. 때문에 서로 오랫동안 대치하면서 승리를 다투는데 벼슬과 봉록과 백금을 아껴 적의 정세를 알지 못하는 것은 대단히 현명하지 못한 것이다. 그렇다면 그는 병사들의 장수가 아니요, 군주의 보좌관이 아니며 승리의 주인이 될 수 없다.

　명철한 군주와 현명한 장수가 한 번 움직여서 적을

이기고 큰 공을 세움이 남보다 뛰어나는 까닭은 적의 실정을 먼저 파악하기 때문이다. 적의 실정을 먼저 안 다는 것은 귀신에게 물어서 취할 수도 없고, 이전에 있 었던 일을 본보기로 삼을 수도 없으며, 어떤 법칙에서 증명할 수도 없는 것이다. 그렇기 때문에 반드시 사람 을 이용하여 적의 실정을 알아야 하는 것이다.

간첩을 쓰는 데에는 다섯 가지 종류가 있는데 다음 과 같다.

인간因間(향간)이란 적지의 사람을 간첩으로 쓰는 것 이다.

내간內間이란 적의 관리를 간첩으로 쓰는 것이다.

반간反間이란 적의 간첩을 이중간첩으로 만들어 쓰 는 것이다.

사간死間이란 적에게 거짓 정보를 전달하고 드러나 면 죽임을 당한 자이다.

생간生間이란 적국에서 살아 돌아와서 정보를 제공 하는 자이다.

이 다섯 가지의 간첩을 함께 이용하되 적이 그 방법을 알지 못하게 하는 것이 중요하다. 간첩을 신묘한 방법으로 이용하면 임금에게는 보배와 같은 역할을 하게 되는 것이다.

군대를 다스리는데 있어서 간첩보다 더 친밀한 관계를 유지해야 하는 사이는 없다. 따라서 간첩에게 가장 후하게 상賞을 주어야 하며 간첩과의 일은 가장 은밀하게 이루어져야 한다. 뛰어난 지혜가 아니면 간첩을 쓸 수가 없고, 어질고 의로움이 아니면 간첩을 부릴 수 없으며, 비밀을 유지하지 못하면 간첩에게 실적을 얻을 수가 없는 것이다. 이처럼 간첩을 쓰지 않는 곳이 없으니 미묘하다고 할 수 있다. 만일 간첩의 일이 사전에 누설되면 가장 먼저 누설자와 간첩을 모두 죽여서 반드시 비밀을 지켜야 한다.

무릇 공격하고자 하는 군대와 성城, 암살하고자 하는 사람이 있다면 반드시 사전에 그를 지키는 장수와 좌우의 측근자, 당직을 하는 자와 문을 지키는 자, 기타 측근에서 잡무에 종사하는 자의 성명을 알아야 하는데, 바로 아군의 간첩으로 하여금 반드시 찾아내서 속속들이 알게 만들어야 한다.

그리고 반드시 적의 간첩으로 와서 우리를 탐색하는 자를 찾아내어 이익으로 매수하여 이끌어 적지로 놓아보내야 한다. 이를 반간이라 하는데 그를 이용하여 적의 실정을 파악할 수 있다. 또한 향간이나 내간을 부려서 적의 내부를 깊게 파악하고, 사간을 통해서 우리 쪽의 일을 속여서 적에게 고할 수 있게 만들어야 한다. 마지막으로 생간을 기약한 대로 부릴 수 있게 만들어야 한다.

옛날에 은殷나라가 일어날 때에 이지伊摯(이윤)는 하夏나라에 있었고, 주周나라가 일어날 때에 여아呂牙(여상)는 은나라에 있으면서 간첩의 역할을 했다. 이들은 모두 현자로 숭상받는 사람이다. 그러므로 오직 밝은 군주와 어진 장수만이 뛰어난 지혜로써 간첩을 이용하여 큰 공을 이루니, 이것이 바로 용병의 요체라고 할 수 있으며 전군이 믿고 움직일 수 있게 만들었던 방법이다.

여아 강태공

이지伊摯 : 이윤伊尹. 상商나라 초창기의 대신. 상나라의
　　　　 성왕成王과 탕왕湯王을 도와 하나라의 폭군인
　　　　 걸왕桀王을 물리치고 상나라를 건립하는데 큰
　　　　 공을 세움.

여아呂牙 : 여상呂尙 혹은 강상姜尙이라고 일컫는다. 자字
　　　　 는 자아子牙, 흔히 강태공이라고 부른다. 그는
　　　　 주周나라의 무왕武王을 도와 상나라 폭군인 주
　　　　 왕紂王을 정벌하고 주나라를 건립하는데 큰
　　　　 공을 세움.

본문 요약

　본문은 전쟁 중에 간첩의 중요성 및 간첩의 종류와
그 사용 방식을 논술한 것이다. 손자가 용간편을 책의
마지막에 안배하여 전문적으로 논한 것은 그의 독창적
인 병법을 돋보이게 한다. 본편은 손자의 주요한 병법
이론인 '지피지기 백전불태'를 실천하는 구체적인 방

법의 하나이다. 대개 스스로를 아는 '지기知己'는 비교적 쉽고, 상대방을 아는 '지피知彼'는 상당히 어렵다. 그렇기 때문에 간첩을 사용하여 상대방을 보다 정확하게 알 수 있는 루트를 만들어놓아야 한다는 것이다.

이를 손자는 본문에서 '명철한 군주와 현명한 장수가 움직이면 적을 이겨 공을 이룸이 남들보다 뛰어나는 까닭은 적의 실정을 먼저 알기 때문이다. 적의 실정을 먼저 안다는 것은 귀신에게 물어서 취할 수도 없고, 있었던 일에서 본받을 수도 없으며, 어떤 법칙에서 증명할 수도 없는 것이고, 반드시 사람에게서 취하여 적의 실정을 알아야 한다.'고 누누이 강조한 이유이다.

본편에서는 간첩의 종류를 향간鄕間·내간內間·반간反間·사간死間·생간生間 등 다섯 종류로 나누었는데, 그 중에서도 반간의 가치를 더욱 중요시했다. 더불어 반드시 합당한 인물을 간첩으로 선택할 것을 주장했다.

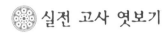

실전 고사 엿보기

**명철한 군주와 현명한 장수가 움직이면
적을 이겨 공을 이룸이 남들보다 뛰어나는 까닭은
적의 실정을 먼저 알기 때문이다**

수나라 말기, 이연과 이세민은 태원太原에서 병사를 일으켜 불과 4개월 만에 수나라의 수도인 장안을 함락시켰다. 얼마 후, 수나라의 황제인 양제煬帝는 혼란 속에서 살해당하고, 그를 추종했던 세력들 중에서 최후까지 남은 왕세충王世充과 두건덕竇建德의 연합군이 이연의 군대에 대항했다. 서기 621년, 이세민은 당나라 군대를 이끌고 두건덕의 10만여 대군과 호뢰虎牢(지금의 하남성 형양 서쪽)에서 대치하고 있었다. 이세민은 견고하게 수비를 하면서 적을 피곤하게 만들 계책을 세웠다. 그러나 두건덕은 이렇다 할 계책을 마련하지 못한 상태였다.

같은 해 5월, 당나라 군대는 말의 식량이 떨어져서 황하의 북쪽에서 방목할 준비를 하고 있었다. 이 소식을 들은 두건덕은 당나라 군대를 물리칠 절호의 기회로 보고 총공격하도록 지시했다. 이러한 두건덕의 계책을 사전에 파악한 이세민은 그의 계책을 다른 계책으로 맞서기로 하였다. 그는 친히 군대를 이끌고 북쪽으로 황하를 건너 일부러 1천여 필의 말을 강 주위에 방목하고 매복하여 두건덕을 유인하도록 하였다. 과연 두건덕은 손쉽게 당나라 군대에서 방목한 말을 탈취하고 이를 지키는 군사를 공격했다. 이때 이세민은 바로 군대를 출동시키지 않고 두건덕의 군대가 승리에 도취되어 방심하고 있을 때를 틈타 빠른 기마 정예병을 출동시켜 공격토록 하였다. 이에 놀라 두건덕의 군대는 갑자기 방어할 수 없어서 대혼란에 빠졌다. 승기를 잡은 당나라 군대는 두건덕의 군영을 유린하고 그와 적병 5만여 명을 포로로 잡는 성과를 올렸다.

내간이란 적의 관리를 간첩으로 쓰는 것이다

1127년, 금나라는 북송의 수도 변경卞京(지금의 하남성 개봉시)을 대대적으로 공격하여 함락시켰고, 북송의 황제였던 휘종欽宗과 흠종徽宗을 위시하여 많은 왕족과 관료 수천 명을 포로로 잡아 만주로 연행했다. 이때 북송에서 어사중승御使中丞으로 있었던 진회秦檜(1090~1155)도 끌려갔다. 그는 포로로 있을 때 금나라의 중신 다란撻懶의 휘하에 있으면서 앞으로 금나라 조정을 위해 충성을 다할 것을 맹세하였다. 때문에 금나라 조정에서 그를 간첩으로 활용하기로 결정하고, 일부러 남송에 돌려보낸 후에 그가 탈출했다고 거짓으로 선전하였다.

남송으로 돌아온 진회를 얼마 지나지 않아 남송의 고종이 그를 중용하여 우승상으로 임명하였다. 진회가 실권을 회복하자 금나라 조정에선 그로 하여금 남송 조정에서 금나라에 적대적인 충신과 장군들을 제거하라는 밀명을 내렸다. 당시 남송은 악비岳飛 장군이 통솔하는 군대가 언성鄢城과 영창潁昌에서 금나라 군대를 크게 물리쳤다. 이에 금나라에서는 악비 장군의 소문만 듣고도 간담이 서늘해졌고 치를 떨게 되었다. 반면에 남송은 잃어버린 북방의 땅을 수복하여 실추한 국위를 선양할 절호의 기회를 맞이하고 있었다.

그러나 진회는 송나라 고종에게 전쟁 수행은 엄청난

대가를 치르게 될 것이라고 주장하고, 금나라와 굴욕적인 화친을 맺고 복종하기를 종용하였다. 송나라 고종은 늘 평화와 안정을 갈망했기 때문에 진회의 주장을 받아들이게 되었다. 처음에 진회는 일선의 장군들에게 논공행상을 행한다는 구실을 붙여 소환하도록 하였는데, 이때 악비는 금나라와의 화친에 반발하여 장군직을 내놓고 물러나게 되었다. 그러자 진회는 이때를 놓치지 않고 계략을 세워 악비를 옥에 가두고 악비와 그 아들 악운에게 왕의 명령에 불복종하고 반란을 꾀했다는 터무

진회

니없는 반역죄를 뒤집어씌운 후 옥중에서 극비리에 독살, 처형해 버렸다.

그리하여 마침내 송나라는 금나라와 굴욕적인 화친을 맺었는데, 송나라는 금나라에 신하의 예를 다하기로 했고 매년 은 25만 냥과 비단 25만 필을 바치기로 했다. 그 대가로 송나라에서는 금나라에 끌려갔던 고종의 생모와 휘종의 시체를 반환받았을 뿐이었다. 이후 남송 국력이 급격하게 쇠락하여 몽골에서 일어난 신흥제국 원나라에게 멸망하게 된다.

사간이란 적에게 거짓 정보를 전달하고 드러나면 죽임을 당한 자이다

역이기는 초한전 당시 전한 고조의 휘하에 있던 모사이다. 평소 독서를 즐겼지만 집안이 가난해서 마을의 성문을 관리하는 감문리로 있었다. 술을 즐기고 능력을 드러내지 않아 사람들은 미치광이 선생이라고 불렀지만 각지에서 민란이 일어나자 때를 기다렸던 역이기는 유방을 만나고는 드디어 그 뜻을 펼치기 시작하였다.

주로 외교활동에서 큰 공을 세웠는데 진류 현령을 속여 진류성을 유방에게 바치고 제왕齊王 전광田廣을 설득하여 항복토록 하였다.

그러나 역이기의 공을 시기한 한신이 제나라를 공격하고, 속았다고 생각한 제왕 전광에 의해 팽살된다. 역이기의 아들 역개는 그 부친의 공이 크다 하여 아무런 전공 없이 고량후高粱侯에 봉해졌다.

적의 간첩으로 와서 우리를 탐색하는 자를 찾아내어 이익으로 매수하여 이끌어 적지로 놓아 보내야 하는데 이를 반간이라 한다

진시황은 제齊의 재상 후승后勝과 그의 부하들을 많은 돈을 주고 매수하여 첩보원으로서 양성한 후에 제나라로 돌려보내며, '돌아가서 진秦나라는 강대한 나라라고 인식시켜라.' 라고 하였다. 그 후 진군秦軍이 제나라를 공격하였으나, 제나라 사람들은 모두가 '진나라는 강대한 나라' 라고 인식되어 기가 죽어 있었기 때문에 감히 대항하려 하지 않았다.

초나라 항우가 한나라 유방에게 사자使者를 보냈는데 유방은 사자를 마치 왕후 귀족처럼 대접했다. 그리고는 직접 만나 '아 범증范增님이 보낸 사자가 아닌가.' 라고 하며 큰돈도 주었다. 그 사자는 항우에게 돌아와 유방이 '범증님이 보내서 왔구나.' 라고 하더라고 했다. 이 말을 들은 항우는 군사軍師인 범증이 유방과 내통하고 있는 것으로 오해하고 그의 제언提言을 듣지 않았다. 화가 난 범증은 항우 곁을 떠났고 초나라에는 군사가 없어졌다.

주유

삼국시대, 손권의 오나라와 유비의 촉나라 연합군을 치려고 조조는 백만 대군을 장강에 결집해 만반의 준비를 하고 있었는데 오나라 최고지휘관 주유의 반간계反間計에 속아 조조 스스로 자신의 참모이자 수군 최고 지휘관인 채모와 장윤을 참수케 하였고, 이 일은 결국 조조에게 적벽에서의 엄청난 패배를 안겨주었다. 평생을 육지에서 전투해 왔던 백전노장 조조는 수군 장수 채모와 장윤을 참수한 직후 '수군을 어찌하려는가.' 라는 주위의 말을 듣고서야 적의 간계에 속았음을 깨닫고 크게 후회했다. 하지만 이미 그 순간 이 전쟁의 운명은 결정된 것이나 다름없었다.

적벽대전도

  당나라 말기의 명장 고인후高仁厚(?~886)는 검남서 천절도사 진경선의 부하장수가 되어 군사를 몰고 공주의 반란군 진영에 도착하자, 천능이 수만 명의 군사를 이끌고 수십 개의 진지를 구축한 채 정부군을 맞이하였다. 그리고 정부군의 허실을 알아보기 위하여 첩자를 보냈는데 고인후는 그 첩자를 잡아 역이용하여 적들 내부에 동요를 일으키게 하였다. 또한 적을 향하여 정부군은 오로지 반군의 괴수 다섯 명만 잡아 처형하고 나

머지는 모두 고향에 돌아가 농사 지을 수 있도록 하겠
다고 하니, 반군의 내부가 급속하게 허물어졌다. 마침
내 고인후는 이 전쟁에서 크게 이긴 뒤에 반군의 머리
를 가지고 성도로 돌아오자 천자가 직접 나와 군대를
위로하고 고인후에게 검교상서좌복야와 나주자사를 제
수하였다.

명나라 때, 영왕寧王 주신호朱宸濠가 반란을 일으켰으
나 양명陽明은 대적할 준비가 되어 있지 않았다. 그래서
양명은 영왕의 심복 앞으로 '그대가 보내준 정보 잘 받
았다. 그대의 충성심에 감사한다. 빨리 영왕을 속여 본
거지에서 몰아내라.' 는 내용의 가짜 편지를 영왕군의
내부로 보내 영왕에게 발각되도록 하였다. 이 편지를
본 영왕은 계략인 줄도 모르고 심복이 적과 내통하고
있는 것으로 의심하고 출진을 멈추는 사이, 양명은 군
비軍備를 갖추었다.

옛날에 은나라가 일어날 때에 이지는 하나라에 있었고 주나라가 일어날 때에 여아는 은나라에 있었다

　상나라가 흥기할 때에 일찍이 하나라의 신하였던 이윤을 중용했다. 주나라가 흥기할 때도 일찍이 상나라의 신하였던 여상을 중용했다. 여기서 주의할 것을 이윤과 여상은 모두 간첩은 아니었다. 때문에 이윤은 상나라에서 하나라로 일부러 보낸 것이 아니고, 여상 또한 주나라에서 상나라로 보낸 것이 아니었다. 그들이 하나라나 혹은 상나라에 있었지만 모두가 특수한 사명을 부여받지 않았다. 그러나 그들이 한 일은 간첩과 마찬가지였다. 이윤과 여상은 하나라와 상나라의 정황을 손바닥 보듯 알았고, 이를 상나라와 주나라를 위해서 썼다. 그들은 상나라와 주나라가 하나라와 상나라를 멸할 때 한마지로汗馬之勞의 큰 공을 세웠다.

　손자가 여기서 강조한 것은 두 가지라고 할 수 있다.

　첫째는 상대방의 정황을 안다는 것은 전쟁의 승부에 중요한 것이고, 둘째는 이윤과 여상처럼 지혜로운 사람을 간첩으로 삼는다는 것이다. 일부 학자들은 이윤과 여상을 간첩으로 여기지 않으나, 손자는 이윤과 여상을 중국 역사상 최초의 간첩으로 여겼고, 이들의 활약을 중국 전쟁사에 기록된 전형적인 간첩의 최초 사례로 보았던 것이다.

**오직 밝은 군주와 어진 장수만이
뛰어난 지혜로써 간첩을 이용하여 큰 공을 이루니
이것이 바로 용병의 요체라고 할 수 있다**

자공

제나라가 노나라를 치려 하자 공자께서는 자공으로 하여금 노나라를 구하게 했는데, 자공은 먼저 제나라를 설득하여 노나라 치는 일을 중지하게 한 후, 오왕을 만나 제나라를 치도록 했다. 그리고는 다시 월나라로 가서 월왕을 만나 제나라를 치도록 했고, 다시 월나라로 가서 월왕에게 말했다.

"신은 지금 오왕을 만나서 노나라를 구하고 제나라를

칠 것을 권하고 왔는데 오왕은 그 마음에 월나라를 두려워하고 있었습니다. 무릇 복수할 사람이 복수할 뜻이 없으면서 상대방의 의심을 받는 것은 어리석은 일이며, 복수할 사람이 복수할 뜻이 있으면서 상대방에게 이것을 알게 하는 것은 위태로운 일입니다. 또 일을 일으키기 전에 소문부터 내는 자는 위험해지는 것입니다. 이 세 가지는 일을 도모하는 사람들이 크게 피해야 하는 것입니다. 오왕은 제나라를 쳐서 이기면 진晉나라를 칠 것이니, 대왕께서는 많은 무기를 아끼지 마시고 오나라에 보내시어 오왕의 마음을 기쁘게 하십시오.

  마음속의 미워함을 감추시고 몸을 굽혀 예를 다하면 오왕은 제나라를 칠 것입니다. 오왕이 제나라를 이기지 못한다면 그것은 대왕의 복일 것이며, 오왕이 이긴다면 반드시 군대를 돌려 진나라로 쳐들어갈 것입니다. 오나라 군대의 말과 병사, 날카롭던 무기들은 제나라와의 싸움에서 이미 지쳐 있을 것인데 오나라는 다시 남은 재물과 전차와 말과 우모羽毛 화살을 진나라와의 싸움에서 모두 써버리게 될 것입니다. 그렇게 되면 대왕께서는 그 나머지만 제압하시면 오나라를 이길 수 있습니다."

월왕은 다시 두 번 절하고 말했다.

"옛날 오왕은 그 군대를 나누어 우리 월나라를 짓밟아 백성을 죽이고 피폐하게 했으며 또한 우리 백성을 업신여겼습니다. 우리 월나라의 종묘를 허물고 사직을 폐허로 만들어 저의 몸은 물고기 밥이나 주는 신세가 되어야 했습니다. 오나라에 대한 저의 원한은 뼛속까지 깊이 스며 있습니다. 저는 오나라 섬기기를 마치 아들이 아버지를 두려워하는 것처럼 하고 있으며 동생이 형을 존경함과 같이 했습니다. ……그동안 저의 몸은 편안한 자리에 앉지도 않고, 입으로는 맛난 음식도 먹지 않았으며, 눈으로는 아리따운 미인도 쳐다보지 않았고, 귀로는 아름다운 음악도 듣지 않았습니다. 이렇게 삼년을 하루같이 해왔습니다. 이처럼 몸은 괴로움을 겪으며 위로는 여러 신하들을 섬기고 아래로는 백성들을 기르기 힘쓴 것은 오직 오나라와 더불어 천하를 놓고 평원의 들판에서 한 번 싸우고자 함입니다…….

지금 안으로 월나라의 힘을 헤아려보건대 오나라와 싸워 이길 힘이 부족하고 밖으로는 제후들을 끌어들일 수 없습니다. 지난날 저는 나라의 군주자리를 비운 채 여러 신하들을 버리고, 용모를 바꾸고 성씨姓氏를 바꾸어 빗자루를 잡고 청소를 하며 오왕을 섬겨 소와 말을 기르기도 했습니다. 저는 비록 머리와 몸뚱이가 붙어 있지 않게 되고 손과 발이 잘려 사지四肢가 사방에 널려 천하의 웃음거리가 된다 하여도 오나라와 한 번 싸워 원수를 갚고자 하는 것입니다. 이제 대부大夫의 가르침은 망해가는 나라를 구하시고 죽어가는 사람을 붙들어 일으키시는 말씀이시니, 저는 하늘의 도우심에 힘입어 이 같은 가르침을 받게 되었는데 감히 가르침을 받들지 않겠습니까?"

이에 월왕은 3천 명의 군사와 무기를 보내 오왕을 따르는 척하며 오왕을 안심시켜 제나라를 치게 했다. 이 때부터 오나라는 연이은 전쟁으로 국력을 소모하기 시작하여 오왕 부차 23년에 월나라에게 망하고 오왕도 죽임을 당했다.

자공은 한 번 나서서 뛰어난 변설辯說로 노나라를 구하고, 오왕으로 하여금 제나라를 치게 했으며 오나라를 괴패壞敗하게 했는데, 공자의 제자들 중 가장 언변이 뛰어난 이가 바로 자공이었다.

부록

《손자병법》의 실전失傳된 내용 및
《삼십육계三十六計》와의 관계

손자孫子는 손무와 그 후손인 손빈에 대한 경칭이다. 따라서 《손자병법》은 손무 일개인의 저작이 아니고, 손빈과 또는 그들의 제자나 추종하는 사람들에 의해서 집대성된 것으로 추정된다. 이 때문에 《손자병법》은 처음 세상에 나왔을 때보다 갈수록 그 내용이 증가하게 되었다.

이는 전국시대 말기에 《손자병법》은 단지 몇 편이나 혹은 13편으로 알려졌으나, 한나라 시기부터 후세인들에 의해서 부단히 늘어나서 당시에 이미 30여 편이 되었고, 그 내용이 많아서 상하편 혹은 내외편內外篇으로 나누었다고 전해진다.

한나라 초기에 사마천이 지은 《사기史記》에도 '손자병법' 이 원래 13편이었으나, 한나라 말기에 편찬된 《한서漢書》 <예문지藝文志>에는 《오손자吳孫子 손무의 병법》이 82편, 《제손자齊孫子 손빈의 병법》은 89편이나 전해진다고 기술되어 있는 점을 통해서도 증명할 수 있다.

또한 1972년 산동성山東省 임기현臨沂縣 은작산銀雀山에서 발견된 한나라 시대의 목간본木簡本 《손자병법》에는 지금까지 알려진 13편 외에 다시 20여 편이 함께 기재되어 있는 것을 통해서도 재삼 확인할 수 있다.

이처럼 《손자병법》의 내용이 갈수록 늘어나자 일찍이 한나라 말기 때의 간웅인 조조는 기존의 《오손자》 중에서 번잡한 것을 과감히 삭제하고, 그 정수만을 추려 13편 2책의 주석본을 만들었다. 따라서 오늘날 우리가 접하는 대부분의 《손자병법》은 바로 조조의 주석본이라 해도 과언이 아니다.

그렇다면 조조가 주석한 《손자병법》 외의 내용은 어떤 것이 있었는가? 현재 그 전모를 다 밝혀내기는 어렵다. 그러나 은작산에서 발견한 죽간본竹簡本을 통하여 손빈의 병법을 살펴볼 수 있다. 이 죽간들은 비록 너무 오래되어 심하게 훼손된 부분도 있지만 그동안 관련 고고학자들의 정리와 고증을 통해서 일련의 성과물을 발표했다. 즉, 1975년에 죽간본 《손빈병법》을 문물출판사文物出版社에서 출간하였는데, 여기 수록한 죽간은 모두 364매이고, 상하편으로 나누어서 총 15篇이 실려 있다. 그리고 1985년에 다시 《은작산한묘죽간銀雀山漢墓竹簡》이란 서적을 출간하면서 그 중에 《손빈병법》에 관련된 것을 재수록하였는데, 여기에는 기존의 편목에 한 편을 더 추가하여 모두 16편을 실었다. 그 편목의 차례를 살펴보면 다음과 같다.

금방연擒龐涓(위나라 장수 방연을 사로잡음), 견위왕見威王(제나라 위왕을 만나봄), 위왕문威王問(위왕이 용병술을 물음), 진기문루陳忌問壘(전기가 누벽을 쌓을 때의 일을 물음), 찬졸篡卒(우수한 병사를 선택하는 법), 월전月戰(월력을 보고 전투함), 팔진八陣(여덟 가지 진법), 지보地葆(지리적 조건의 이용과 선정), 세비勢備(군세의 대비법), 병정兵情(군주와 장수 병사의 역할), 행찬行篡(백성의 마음을 얻는 길), 살사殺士(죽음을 두려워하지 않는 병사), 연기延氣(사기를 높이는 법), 관일官一(군대의 지휘 통솔법), 오교법五敎法(국내 있을 때의 처신법 · 행군법 · 주둔법 · 대진법 및 매복법 등에 관련한 훈련 및 교육의 문제), 강병强兵(군사력의 강화).

또 2009년에 출간된 고우겸高友謙의 《손자게비孫子揭秘》에는 《손자병법》을 상중하 세 권으로 분류하고, 기존에 손무가 작성한 13편을 내편內篇으로 명명했으며, 실전된 《손자병법》 중에서 손빈과 혹은 그 제자가 작성한 것은 외편外篇과 잡변雜篇으로 명명했다. 그가 분류한 외편과 잡변의 편명은 다음과 같다.

《손자병법》외편外篇 — 찬졸纂卒, 월전月戰, 팔진八陣, 지보地葆, 세비勢備, 병정兵情, 행찬行纂, 살사殺士, 연기延氣, 관일官一, 오교법五敎法, 황제벌적제黃帝伐赤帝와 지형2地形二 등으로 모두 13편이다.

《손자병법》잡편雜篇 — 금방연擒龐涓, 견위왕見威王, 위왕문威王問, 진기문루陳忌問壘, 강병强兵, 오문吳問과 견오왕見吳王 등 모두 7편이다.

《손자병법》과 더불어 세인들에게 잘 알려진 것은 '삼십육계三十六計'이다. '삽십육계'는 여러 가지 뜻을 함유하고 있는데, 보통 '36가지 계책'이나 혹은 '36계책 중에서 줄행랑치는 것이 상책'이라는 뜻으로 이해하고 있다. 기실 '삼십육계'는 고대 중국에서부터 전래하는 여러 가지의 병법과 책략을 호사가들이 성어成語로 만들어놓은 것을 통칭하는 것이었다.

그러나 세월이 지나면서 삼십육계는 한 권의 책으로 정리되기 시작하였는데, 가장 먼저 고증할 수 있는 것은 중국 남북조시대에 송나라의 장수인 단도제檀道濟(?~436)의 《삼십육계》를 들 수 있다. 즉 《남제서南齊書》의 〈왕경칙전王敬則傳〉에는 '단도제의 삼십육책三十六策에 도망가는 것을 상책으로 삼으니, 너희 부자는 마땅히 도피해야 한다.' 는 말에서 나왔다. 그 뜻은 당시 반란을 일으킨 왕경칙이 명종의 태자에게 이미 대세는 자신에게 기울어졌으니, 단도제가 만든 삼십육계 중에 상책을 참고하여 알아서 도망갈 것을 권한 말이다.

이 고사는 후인들에게 자주 인용되었는데, 송나라의 혜홍惠洪 《냉제야화冷齋夜話》도 '삼십육계는 도망가는 것을 상책으로 삼는다.' 라고 하였고, 심지어 우리나라에까지 널리 알려졌다. 즉 조선 말기에 이유원李裕元의 《임하필기林下筆記》에는 <밝혀진 성어成語를 기록하다>는 글에서 '삼십육계 중에 달아나는 것이 상책上策이라는 것은 왕경칙王敬則의 말이다.' 라고 한 점을 보더라도 잘 알 수 있다.

《삼십육계》는 계명計名으로 배열되었는데, 그 명칭을 간략하게 살펴보면 대개 역사적인 전쟁의 사례와 고사에 기원을 두고 있다. 예컨대 위위구조圍魏救趙(위나라를 포위하여 조나라를 구함) 가도벌괵假道伐虢(거짓으로 길을 빌려 괵나라를 침) 등이다. 또한 고대 군사적인 용어로 쓰던 것이 있는데, 바로 이일대노以逸待勞(쉬다가 피로에 지친 적을 상대함) 성동격서聲東擊西(동쪽에서 소리를 내고 서쪽을 침) 등이 대표적인 예다. 그리고 고대 시인의 시구에 연원을 둔 것이 있는데, 이대도강李代桃僵(오얏나무가 복숭아를 대신해 죽음) 금적금왕擒賊擒王(도둑을 잡으려면 우두머리를 먼저 붙잡아야 함) 등의 예다. 민간에 유행했던 속어나 성어에서 차용한 것도 있는데, 금선탈각金蟬脫殼(금빛 매미가 허물을 벗음) 지상매괴指桑罵槐(뽕나무를 가리키며 홰나무를 욕함) 등등이다. 이런 것을 살펴보면 《삼십육계》는 어느 한 개인에 의해서 만들어졌다기보다는 오랜 세월을 거쳐 세인들의 입에 회자되었던 것을 호사가들이 집대성한 것으로 보인다.

　그리고 《삼십육계》 계명 뒤에는 간단한 해설이 나오는데, 이는 《역경》 중에 음양 변화의 이론 및 고대 병가

兵家의 강유剛柔, 기정奇正, 공방攻防, 피기彼己, 허실虛實, 주객主客 등의 대립과 상호 영향 관계를 빗대어 만들어진 것으로 매우 소박한 군사 변증법을 사용하고 있다. 또한 송나라 이전의 실전 사례를 많이 인용하고 있다. 그 중에는 《손자》, 《오자》, 《위료자》 등의 역대 병법서에 나오는 명구를 취했는데, 특히 《손자병법》에서 나오는 고사를 많이 취하였다. 그래서 종종 《삼십육계》와 《손자병법》을 혼동하는 독자까지 생겼던 것이다.

삼십육계는 모두 여섯 편로 분류되어 있다. 즉 <승전계勝戰計> · <적전계敵戰計> · <공전계攻戰計> · <혼전계混戰計> · <병전계竝戰計> · <패전계敗戰計>이다. 앞 세 편은 우세할 때 쓰는 계計이고, 뒤의 세 편은 열세에 처했을 때 쓰는 계이다. 매 편은 다시 육계六計로 나누어져 모두 삼십육계가 된다. 이들 목차를 살펴보면 다음과 같다.

◆ 승전계勝戰計

아군의 형세가 충분히 승리할 수 있는 조건을 갖추고
있을 때 적을 압도하는 작전.

제1계 만천과해瞞天過海 : 하늘을 가리고 바다를 건너다.

제2계 위위구조圍魏救趙 : 위나라를 포위하여 조나라
를 구하다.

제3계 차도살인借刀殺人 : 남의 칼을 빌려 사람을 해
치다.

제4계 이일대로以逸待勞 : 쉬면서 힘을 비축했다가 피
로에 지친 적을 맞아 싸우다.

제5계 진화타겁趁火打劫 : 남의 집에 불난 위기를 틈
타 도둑질을 하다.

제6계 성동격서聲東擊西 : 동쪽으로 진격할 듯 소리치
고 서쪽을 공격하다.

◆ 적전계敵戰計

아군과 적군의 세력이 비슷할 때 기묘한 계략으로 적
군을 미혹시켜 승리를 이끄는 작전.

제7계 무중생유無中生有 : 지혜로운 자는 무에서 유를
　　　　　　　　　　　　　　창조하다.
제8계 암도진창暗渡陳倉 : 은밀히 진창으로 진군하듯
　　　　　　　　　　　　　기습공격을 구사하다.
제9계 격안관화隔岸觀火 : 적의 위기를 강 건너 불보
　　　　　　　　　　　　듯 하다.
제10계 소리장도笑裏藏刀 : 웃음 속에 칼날을 품다.
제11계 이대도강李代桃僵 : 오얏나무가 복숭아나무를
　　　　　　　　　　　　　대신하여 말라죽다.
제12계 순수견양順手牽羊 : 기회를 틈타 양을 슬쩍 끌
　　　　　　　　　　　　　고 가다.

◆ 공전계攻戰計

자신을 알고 적을 안 다음 계책을 모의하여 적을 공
격하는 전략.

제13계 타초경사打草驚蛇 : 풀을 베어 뱀을 놀라게
　　　　　　　　　　　　　하다.
제14계 차시환혼借屍還魂 : 죽은 사람의 영혼이 다른

사람의 시체로 부활하다.

제15계 조호리산調虎離山 : 범을 산속에서 유인해 내다.

제16계 욕금고종欲擒姑縱 : 큰 것을 얻기 위해서 작은 것을 풀어주다.

제17계 포전인옥抛磚引玉 : 벽돌을 던져서 옥을 얻다.

제18계 금적금왕擒賊擒王 : 적을 잡으려면 우두머리부터 잡는다.

◆ 혼전계混戰計

적이 혼란한 와중을 틈타 승기를 잡는 전략.

제19계 주저추신釜底抽薪 : 가마솥 밑에 타고 있는 장작을 꺼내 끓어오르는 것을 막다.

제20계 혼수모어混水摸魚 : 물을 흐려놓고 물고기를 잡다.

제21계 금선탈각金蟬脫殼 : 매미가 허물을 벗듯 감쪽같이 몸을 빼 도망하다.

제22계 관문착적關文捉賊 : 문을 닫아걸고 도적을 잡다.

제23계 원교근공遠交近攻 : 먼 나라와 친교를 맺고 가
까운 나라를 공격하다.
제24계 가도벌괵假道伐虢 : 기회를 빌미로 세력을 확
장시키다.

◆ 병전계竝戰計

상황의 추이에 따라 언제든지 적이 될 수 있는 우군
을 배반, 이용하는 전략.

제25계 투량환주偸樑換柱 : 대들보를 훔쳐내고 기둥
으로 바꾸어 넣다.
제26계 지상매괴指桑罵槐 : 뽕나무를 가리키며 홰나무
를 욕하다.
제27계 가치부전假痴不癲 : 어리석은 척하되 미친 척
하지 말라.
제28계 상옥추제上屋抽梯 : 지붕으로 유인한 뒤 사다리
를 치우다.
제29계 수상개화樹上開花 : 나무에 꽃을 피우다.
제30계 반객위주反客爲主 : 손님이 오히려 주인 노릇
한다.

◆ 패전계敗戰計

상황이 가장 불리한 경우, 열세를 우세로 바꾸어 패배를 승리로 이끄는 전략.

공성계空城計

제31계 미인계美人計
: 미녀를 이용하여 적을
  유혹하다.
제32계 공성계空城計
: 빈 성으로 유인해 미궁
  에 빠뜨리다.
제33계 반간계反間計
: 적의 첩자를 역이용하다.
제34계 고육계苦肉計 : 자신을 희생해 적을 안심시
　　　　　　　　　　　키다.
제35계 연환계連環計 : 여러 가지 계책을 연결시키다.
제36계 주위상走爲上 : 때로는 도망치는 것도 뛰어난
　　　　　　　　　　　전략이다.

《삼십육계》는 간단하고 외우기 쉬운 사자성어 형식의 계로 이루어진 일종의 대중용 병서라고 할 수 있다. 그러나 그 속에는 고대 중국의 군사 사상과 풍부한 전투 경험이 함축되어져 있다. 최근 중국의 한 시인이 삼십육계로 다음과 같은 시를 만들었다.

금옥단공책金玉檀公策,
차이금겁적借以擒劫賊.
어사해간소魚蛇海間笑,
양호도상격羊虎桃桑隔.
수암주치고樹暗走痴故,
부공고원객釜空苦遠客.
옥량유미시屋梁有美尸,
격위연벌괵擊魏連伐虢.

이 시는 첫 구절에 삼십육계를 단공이 편집했다는 '단공책檀公策'을 제외하고, 그 나머지 자는 모두 삼십육계에서 나오는 글자 중에 하나씩을 취한 것이다. 이는 마치 우리나라에서 역사 시간에 역대 조선 왕명을 외우기 쉽게 '태종태세문단세…'와 같은 형태로 만든 것으로 삼십육계를 꼭 외우고 싶은 중국인들이 많다는 것을 대변한다.